エンジン消失

西尾兼光

鳥影社

エンジン消失　目次

まえがき　7
第一章　想定外の大惨事　11
第二章　東京モーターショー　29
第三章　世界各地の異常気象　39
第四章　技術の継承　49
第五章　再生可能エネルギー　61
第六章　燃料電池車に乗る　75
第七章　生産会議　95
第八章　病魔が襲う　113
第九章　新商品開発会議　125
第十章　社長交代　135

第十一章　先輩に伺う　145
第十二章　副社長昇進　155
第十三章　米国デトロイトで働く　167
第十四章　巨大台風、川内市に上陸　177
第十五章　温暖化阻止を可能にする燃料電池　189
第十六章　自然界のインフラ修復　203
第十七章　コージェネレーション　215
第十八章　巨大竜巻ニューヨークを襲う　223
第十九章　内燃機関禁止令出る　231
第二十章　エンジン生産終焉　243
あとがき　253
参考文献　257

エンジン消失

まえがき

昭和四十年代のサラリーマンにとって自動車は高嶺の花であった。

高度成長期には、昇給額も桁外れで、三年も経てば倍になった。豊かさを求めて必死に働き、夢のマイカー通勤も可能になり、自動車は必需品となった。一度自動車を持てば手放すことはない。開発途上国も所得増と共に購買層が拡大、今や全界で十億台以上もの自動車が走り廻る車社会が出現した。日本の自動車産業はこの波に乗り、世界一の自動車会社が誕生するほどまでに成長した。自動車部品を生産する関連企業も同様で、工業立国日本を先導した。自動車を動かす動力源は内燃機関（エンジン）、燃料を燃やして得られる熱エネルギーの活用である。燃料の多くはガソリンであるから、ガソリンエンジンとも呼ばれている。

物語の主人公は岩崎正彦、エンジン部品製造会社の技術者である。時は二〇一一年三月十一日、優雅に八方尾根でスキーを楽しんでいた。午後二時四十六分、巨大地震が東日本を襲った。もしその時、震源地の近くにいたとしたら災難に巻き込まれただろう。大惨事が起きたにもかかわらず何も知らない岩崎は、その時、震源地から遠く離れたスキー場だった。

宿に帰ってびっくり仰天、大津波の発生、そして東京電力福島第一原子力発電所の崩壊、日本の電力を支えていた全ての原子力発電所が稼働を停止した。たちまち東京電力は電力不足で停電パニック、時の民主党総理が陣頭指揮を執るなど崩壊した現場は大混乱となった。多くの技術者にもう原発は駄目だと思わせた。岩崎も同じく、原発に代わる新たなエネルギー源を探す必要性を強く感じた。これまでの価値観や人生観をも変わるほど、衝撃的な原発崩壊である。

特別に秀でた技術的能力も、経営の才覚もない岩崎は何故か順調に出世し、サラリーマンの頂点に立てた。提案型社員だった彼は歴代の社長に可愛がられ、同期一番の出世頭になった。そんな彼が、原発に代わるエネルギー源として燃料電池に関心を持つようになった。そして自ら、開発を加速させようと奮闘する。そのトリガーとなったのは名古屋港埠頭近くにある火力発電所をたびたび見ていたからである。煙突から濛々と噴き上げる真っ白な煙、二酸化炭素を噴き上げているると思えた。二酸化炭素排出が地球温暖化に関与していると思った。急速に進む温暖化、何としても止めなければ。それを可能にする決め手は、二酸化炭素を排出しない燃料電池だと確信した。どう動けば実現できるか、技術者サラリーマンのトップに昇進した岩崎の課題になった。

地球温暖化は世界各地に異常気象を招き、巨大台風、巨大竜巻、豪雨、干ばつ、海面の上昇、そしてとうとう奇想天外な大事件が発生した。ニューヨークの摩天楼に聳えるエンパイアステートビルが吹っ飛んだからである。無惨にも四十階以上の高層階が強風でもぎ取られ、多数の死傷者がでた。悲惨な天災、このニュースは即世界中に放映された。巨大竜巻がニューヨークを襲うと連日テレビ各局は特集を組んだ。

温暖化はでっち上げだと號かしていた米国大統領、目が覚めたのか、あっと驚く大統領令を発行、二酸化炭素廃止令である。今後三年以内に二酸化炭素排出を全面的に禁止する、という大統領令である。火力発電所も内燃機関も家庭の調理器やボイラー、火が出るものは全てノーである、とんでもない禁止令である。

本業消失、エンジン部品を主力製品の岩崎の会社は倒産の危機を迎えた。

第一章　想定外の大惨事

二〇一一年三月十一日午後二時四十六分、岩崎は八方尾根スキー場にいた。

標高差千メートル以上もある巨大スキー場である。北アルプス唐松岳から東に延びる尾根を下って行くと国民宿舎八方池山荘に至る。一方スキー場最下位の名木山ゲレンデからリフト四本つないで登ってくると、標高一八五〇メートル、リフト終点近くにある八方池山荘に至る。ここまで登ってくると展望が開け、左側に五竜岳、右側に白馬三山が聳《そび》え立つ、絶景ポイントである。多くのスキーヤーはここまで登ってくると雄大な山々に見惚れ、写真に収めようとシャッターを切る。

「エキスキュウズミー」

白馬三山を見上げていた岩崎の後ろから声がした。振り返ると初老の夫婦らしき白人の二人。女性が手招きした。カメラを持っていたから用件はすぐにわかった。

「はい、撮りますよ」

夫婦は白馬三山をバックにポーズを取った。液晶画面に笑顔が写った。何回かシャッターを押した。二人は素晴らしい景色と称賛した。

「撮ってあげましょうか」

そう言われた岩崎は携帯電話のカメラを起動して渡した。

「はい、ポーズ」

二人がそう言ったかどうか聞こえなかったが、携帯電話のボタンを押した。

紺碧の空の下に純白の峰々、天気さえ良ければこの時期、早春の眩い太陽の光に満ちて山々は白銀に輝き、大地も雪に覆われて白一色、まさに絶景である。

ここから名木山ゲレンデまで高低差一〇七一メートル、滑走距離はおおよそ八キロメートル、白銀の斜面をいっきに滑り下りる爽快感は格別である。特に八方尾根スキー場は景観と滑走距離が長く、岩崎の最も好むスキー場であった。

十八歳から始めたスキー歴は三十八年になる。午後二時四十六分、リーゼンスラロームを滑り下りていた岩崎は普段通り爽快感に充ちていた。この時、東北地方で巨大な地震が発生していたことなど全く知るよしもなかった。

スキー場にも地震の揺れは来たと思うが、滑っていては感じない。スキーを楽しむ多くのスキーヤーはいつも通り滑りを楽しんでいた。何も感じず、岩崎もまた普段通り午後四時頃まで楽しんで帰路についた。災害発生時どこにいるかで、人は運命に左右される。

宿に帰ると今朝とは全く違い、違和感が漂っている。ロビーにあるテレビの前に人が集まっていた。宿泊客だと思われたが、何人か悲鳴を上げている。今朝とは違う異様な雰囲気である。何かあったと直感した。岩崎は宿泊客をかき分けて前に出た。

「あああ、なんだ、これは」

テレビ画面を見た岩崎が驚きの声を上げた。巨大な津波が家々を押し流している。信じがたい光景である。映画ではない、ＮＨＫの臨時放送だ。

マグニチュード9を超す巨大地震が、仙台市の東方七十キロメートル、三陸沖で発生。震度7を超える、千年に一度の巨大地震であった。

見たこともない巨大な津波が街を飲み込んでいた。岩崎はテレビ画面に釘付けになった。津波の悲惨な情景を次々と映し出している。真っ黒な津波が海岸の防波堤を軽々と越えて道路に雪崩れ込んでいる凄まじい光景もあった。逃げ惑う人の姿もあった。

ほんのちょっと前まで自然の素晴らしさに魅了され敬意さえ感じていたのに、今起きているこの現実は信じられない自然の猛威だ。地球温暖化が叫ばれ、ゲリラ豪雨や巨大台風が襲う異常気象をはるかにこえる、想定外の大惨事が目の前で起こっている。

「十メートルを超えたそうだ、すごい」

岩崎の後ろで声がした。

「車も家も大型の船まで流されている。恐ろしいことが起きている」

また後ろから声がした。岩崎はテレビ画面を見続けた。信じられない光景が次々と映し出されている。これは映画ではない、ドラマでもない。しかし、現実だとはとても思えない光景であった。

「武村君か、今長野県の白馬にいるが、そちらは異常ないか」

岩崎は部屋のテレビを食い入るように見ながら、やっと繋がった携帯電話を手にした。

「岩崎所長、異常ありません、普段通りです」

「そうか、よかった。名古屋も揺れたか」

「少し揺れましたが、たいしたことはありません。東京の方はかなりの揺れで震度5以上とか、被害が出ているようです。所長は大丈夫でしたか」

「地震が起きたときスキーをやっていて気が付かなかった。宿に帰ってテレビを見て驚いたよ。大惨事だ、スキーなんかやっていて申し訳ない」

「会社では社内放送もあり、ラジオで聞きました。東北の大地震で首都圏の交通機関は全面ストップだそうです。お帰りは大丈夫ですか」

「高速道路は大丈夫かな」

「松本から名古屋方面の中央道は閉鎖されていません、走れます」

穏やかな武村部長の口調から、研究所も会社も被害はなく平穏だと察せられた。

「東京電力福島第一原子力発電所は大丈夫でしょうか、心配しています」

「原子力発電所だって」

岩崎所長は繰り返し言った。

「そうです、東京電力の大きな原子力発電所が福島にあります。地震で壊れていないか、被害がなければよいですが」

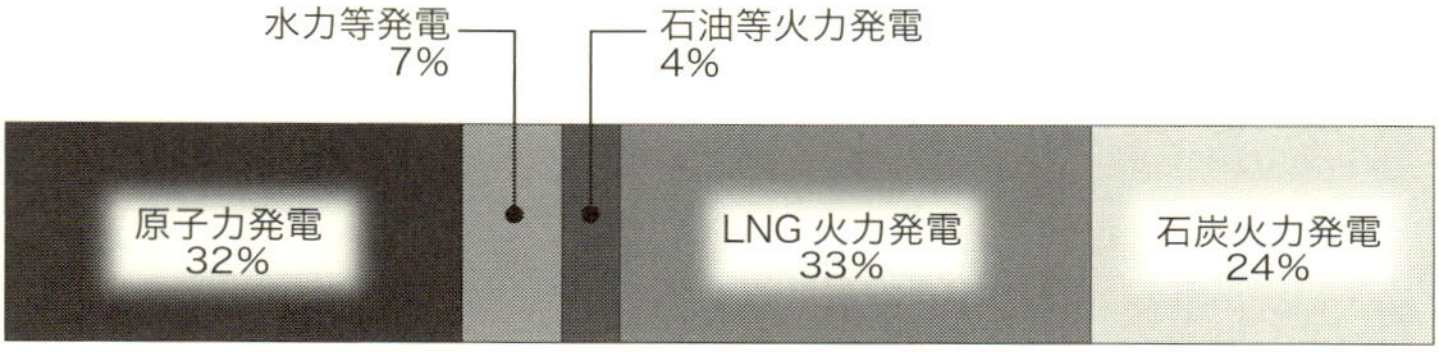

2010 年 12 月現在の発電比率（原発 32%）
（資源エネルギー庁「我が国のエネルギー情勢①」をもとに作成）

「原子力発電所が壊れたら大変なことになる。まあ万全だろう」

「福島原発、海岸端にあります。津波が来たと思われますので、心配しております」

武村は不安そうな感じだ。そう言えば武村は原子力に詳しかった。大学の工学部で原子力を学び原子力発電にも精通していた。日本には五十四基の原発が稼働していて、三〇パーセント以上の電力を供給している。技術の粋を集めた原発、自信たっぷりだった武村の顔が浮かんだ。日本の技術は素晴らしい、が武村の口癖だった。技術の粋を集めて建設された原発に誇りを感じている口調だった。二酸化炭素を排出しない、地球環境に優しい、近い将来原発が日本の全ての電力を賄《まかな》う、と豪語していた。

そんな彼が自動車部品製造会社の東海セラミック工業に就職したのも不思議な縁だ。大学で原子力工学を専攻したからといってその道に進む者ばかりではない。異業種に就職してからも、二酸化炭素を排出しない原発こそ二十一世紀のエネルギー源だと叫んでいた。我が社の使用電力の三分の一は原発が生産、原発は優れものですよ、と強調していた。

「所長、どうかしましたか」

無言になった岩崎に、電話口で武村が言った。

「すまん、すまん、原発と聞いて君の話を思い出していてね」

「東京電力に就職しようかと考えていましたから、気になります」

武村が声を落とした。

「二重三重四重と安全装置が装備されているから、壊れることはないと思うがね」

岩崎は気楽に言った。自分も技術者だ、日本の技術力を評価していた。

「日本の技術が最高だと言っても……」

武村が言葉を飲み込んだ。

「絶対安全の神話はないが、日本の技術を信頼しよう」

武村が落ち込んでいるように感じたので、再度同じことを言った。

「武村君、予定を変更して明日早朝帰るよ、会社へ直行する。君の話は後日な」

岩崎はそう言って電話を切った。名古屋地方には何の被害もなかったとわかって安心した。

日本の技術は世界一だから、大丈夫だと思った。それでも大難は小難に、小難は無難にと、近所の寺の和尚が経の最後に言っていた言葉を思い出し、仏に祈る気持ちになった。原子力崇拝者の武村の、自信に満ちた笑顔が浮かんだ。途轍《とてつ》もない自然の猛威の前にその自信も崩れ落ちたのではと、不吉な予感も渦巻いた。テレビに映し出される津波の凄い破壊力は人が造り上げた建造物を根こそぎ押し流し、飲み込み、埋没させ、海側から滔々《とうとう》と押し寄せている。自然というものには美しい面と恐ろしい面が同居しているのだ。岩崎にとってもとても長い一日となった。

岩崎正彦、東海セラミック工業株式会社　常務取締役研究所所長である。理工学部電気工学科卒五十六歳、五年前の株主総会で役員になった。東海セラミック工業では中堅の役員である。取り立てて優れ者ではなかったが、入社以来誰に対しても物怖じせず意見を言う積極性が評価されたのだろう、歴代の社長に可愛がられ、同期入社で一番の出世頭となった。上司や先輩の教えを忠実に学び取った勤勉さも評価されたようだ。

東海セラミック工業は名古屋市に本社と工場があり、郊外の春日井市に主力工場、岐阜県と三重県にも工場がある中堅のセラミック製造会社である。セラミック製造会社であるが時代の流れに乗って、今では自動車のエンジン部品が主力製品である。年商は二千三百億円強、純利益も二百億円と、東海地方では名門と言われる優良企業である。

社長は理系の青山輝夫　六十六歳、副社長は水野隆　六十四歳、文系出身である。社長は業務全般、副社長は人事、経理、総務を担当、専務取締役三名、常務取締役五名、平取締役五名、社外取締役一名、監査役を除き役職者は全員で十六名である。岩崎は五人いる常務の中で最も下にランクされた常務取締役である。技術趣向の強い会社であったから、配下に三百人をこえる研究社員を抱え、管理者として重責を担っていた。先が見える技術者だと公言することもあった。

「所長、残念です。福島原発のこと」

大震災から三日が過ぎていた。武村部長が岩崎の席に来て言った。やはり原発が気になっていたようだ。

「冷却の電源が落ちたそうだね」

岩崎は淡々と言った。

「二重、三重、こちらが壊れたらこちらがカバーする。そうなっていたはずなのに、原発で一番大事な冷却水が止まるとは、東電の技術者の失態ですよ、おかしいですよね」

武村は専門家だけあって悔しそうに言った。

「僕もテレビで見た。福島原発を襲う巨大な津波、あんな大きな津波が来たらとても耐えられない、天災だよ」

岩崎は自然の凄い力に勝てないと思った。

「所長、しかしですよ、壊れては駄目なんです」

「平穏が続くと危機感が薄れる。冷却用の電源が地下室にあったそうだが、地下では津波でイチコロ、原発の危機管理がなっとらんね、自分たちの会社だったらどうするかね」

岩崎も憤慨して、吐き捨てるように言った。

「安全な場所に別電源が置いてなかったのでしょうか」

武村は原発の専門家、どうして地下なんかに生命線ともいえる冷却装置を置いたのか、別電源はなかったのか、残念でたまらない表情だった。

「ヘリコプターを使って上空から水を撒いたそうだが、専門家のやることかね。外から撒いて原子炉の内部に注入できるかね」

「難しいと思います。放射能が漏れないよう密閉構造になっていますから」

「冷やせなかったらどうなるの」

「核分裂がどんどん進んで発熱、燃料棒が溶解、爆発します。最悪は原子爆弾の破裂です」

「おいおい脅かすなよ。広島、長崎に次いで福島で原子爆弾が破裂したら、どうなっちゃうの」

「懸命に水で冷やすしか手立てはありません。えらいことになりますよ」

チェルノブイリの惨事を熟知している武村が頭を抱えた。

津波で火災も発生したが、今は鎮火していた。津波も引いて復旧作業が始まっていた。だが福島原発一号機、二号機、三号機の周辺には人影がない。一、二、三号機が水素爆発、燃料棒のメルトダウンが始まると予想されたからである。こうなれば、放射能が周辺地域に降り注ぎ、最悪の事態となってしまう。原子爆弾の破裂だ。


テレビは連日、福島の原発崩壊を報じた。十メートルを超える津波が原発を襲ったと報じた。原発に降りかかる大波の写真、陣頭指揮を執る民主党総理の姿もテレビに映った。頑丈なコンクリート造りであるから大津波で流されることはないが、建物の中は濁流の跡が残っていた。想定外の大津波で破壊されたと、東京電力の社長会見も報じられた。

武村が言っていた原子炉を冷やす作業も始まった。なんと消防車が出動、建屋に水を放水し始めた。テレビはなんでも教えてくれる。消防車で原子炉を冷やすとは前代未聞である。技術の粋を集めた原発建屋に消防車が放水している。これを見て岩崎は技術の限界を感じ、啞然とした。

武村が見たらどう思うか気になった。研究者や技術者が精魂込めて造り上げた技術の結晶、その原子炉を冷やすのに消防車の放水、これは漫画ではない。現実の惨事、技術の限界ではないか。

消防車の放水で冷やす崩壊した原発
（写真：陸上自衛隊）

津波が引いた後の写真もあった。水素爆発した建屋は崩れて瓦礫の山を築いていた。人影はない。これが火力発電だったら沢山の人が出て瓦礫の撤去作業が始まっているはずだ。だがここには人影がない。近寄れないからだ。強力な放射線が周辺に充ちて人を寄せ付けない。致死量を超える放射線、放射能が充満して瓦礫撤去どころでない。生命に関わる撤去作業だ。

福島第一原子力発電所には四基の原子炉があり、一、二、三号機まで稼働中だった。四号機のみ停止していて、燃料棒が保管されていた。稼働中の原発と停止している原発の被害状況は雲泥の差である。火が燃えている炉と消えている炉の違いだ。火がついている原子炉の燃料はウランで、核分裂が起こっている。濃縮された燃料のウランは、臨界容量があれば何もしなくても自発核分裂を起こす。

保管されている燃料も核分裂を起こすから水を張った容器の中に格納されている。水が核分裂を抑制するからだ。稼働中の燃料は大量の放射線を放出して核分裂を増強している。原発は分裂時に発生する熱を利用してタービンを廻す。火力発電は燃料を燃やして熱を発生させる。その燃やすところが核分裂なのだ。だから簡単には消火できない。分裂の際に放射線を放出するため、人が近寄って消火できないからだ。放射線のレベルはセシウムのように三十年で半減するものもあるが、何万年もの間放射線を出し続けるプルトニウムのような放射性物質もある。

放射線の中の電磁波、中性子や電子が人体に照射されると細胞がダメージを受け、強力な放射線は生命の存続さえ危うくする。放射線はアルファー線、ベーター線、ガンマー線の総量である。東電の技術者はこの惨状をどう後始末するのだろうか。技術者の責任は問われないだろうか。企業人として、岩崎も沈痛な表情となった。

一週間後、東海セラミック工業でも緊急の役員会が開かれた。異例である。技術者社長青山もじっとしていられないようだ。

「民主党の総理が福島に乗り込んで陣頭指揮されておられるようですが、今回の大震災、我が社にも影響が出てくる恐れがあると思い、臨時の役員会を開きました」

冒頭、青山社長が役員を見渡して発言した。

「渡辺君、ビジネスに障害が出ているかね」

営業本部長の渡辺に向かって水野副社長が問いかけた。

「被災地の工場の生産ストップの関係で部品供給や組み立て工場の操業停止、自動車生産数量のダウンがありそうです。ですが、今のところ影響は希少です」

渡辺営業本部長が立ち上がって発言した。名古屋から遠く離れたところで発生しただけに、この一週間で社業に影響を及ぼすほどの弊害報告は来ていないようだ。

「ちょっとよろしいですか」

岩崎が手を上げた。社長が頷いたので立ち上がった。

「まず、被災された皆さんにお見舞い申し上げます。福島の原発被害者にはなんと言っていいか言葉に詰まりますが、日本で稼働していた原発五十四基、すべて稼働を停止しました。原発停止の影響が出てくると思われます」

そう発言して着席した。

「どんな影響が出てくるのか、君の見解を聞かせてもらおう」

社長が着席した岩崎を見て言った。

「僭越ですが、技術者の価値観や思想に大きな変化が起こると思います」

「もう少し具体的に」

社長が不満顔をした。

「多くの技術者が技術の限界を悟ったと思います。安全神話などないと悟ったと思います。これで原発は終焉を迎えると思います。核分裂の制御に限界があると悟ったと思います。二酸化炭素を排出しない原発は地球環境に優しいエネルギー発電だと思われてきましたが、放射能をまき散らす環境汚染の筆頭になりました。原発に代わるエネルギー源、関連各社はそちらへビジネスの帆先を向けるでしょう。原発なき後のエネルギー源開発に、我が社も資源を投入すべきと、そのチャンスが来たと思います」

「新商品開発、それが君の仕事じゃないか。加えて言わせてもらえば、我が社は自動車部品会社だ。原発に替わるエネルギー源がビジネスチャンスになるなど、勘違いも甚だしい」

副社長の水野が揶揄する口調で言った。

「岩崎君は電力会社の気持ちがわかっておらん。稼働できる設備が揃っていて、それを動かしたら売電になる。投資して造った設備、遊ばしておくのはもったいない。動かして生産する。そんなことをすると電力会社は頭にくると思うよ」

生産本部本部長の岩根が発言した。

「岩根専務、製造責任者として当然のご意向だと思います。ですが、現実に五十四基ある原発のすべてが止まりました。関東地方では計画停電が始まりました」

岩崎が立ち上がって発言した。

「原発を止めたのは政府だ。原発に替えて火力発電にシフト、高い石油を買わなきゃならん。高い電気代を払って世界と戦えるかだ。安全を確認して稼働できる原発は再稼働し、停滞を避けるために、一日も早く動かさなくてはならない。製造コストが上がったら収益ダウン、減益だぞ」

営業部長が、止まっている原発を早く稼働すべきだと言った。

「原発周辺の住民は避難されたそうだ。長年住み慣れた土地を追われて、お気の毒だと思う。地震が起きたのは致し方ないとしても、そのあおりで原発が壊れて避難指示だ。もう帰ってこれないだろう。田んぼや畑も使えなくなった。近くに原発さえなかったらと、住民の方々のご苦労を思うとやり切れん。本当にお気の毒だ」

青山社長は静かな口調で発言した。岩崎も同感だった。何の落ち度もないのに、たまたま原発が近くにあったための避難命令。自分が住んでいるところに愛着を感じ、いつまでも住もうと思っていたはずだ。それが原発のせいで避難指示、怒り心頭だろう。さすが社長は立派だと思った。

「仙台方面に自動車会社はありませんが、自動車の部品製造会社は沢山あります。部品不足で自動車生産に支障が出る恐れがあります」

営業部長が現実的な話をした。関東一円で停電が発生したことも影響が出ると予想され、原発崩壊の深刻さを誰もが感じた。特に理系の青山社長にとって、福島の原発崩壊は企業理念までひっくり返す物凄いインパクトがあったはずだ。だからじっとしておれず臨時の役員会を開催しようと思われたのだろう。

東海セラミック工業には今のところ何の被害も起きていない。それなのに、と副社長以下役員連中は怪訝な表情をしていた。異業種である原発崩壊に臨時の役員会まで開いた青山社長の心中がわかる気がした。そんな社長に敬意を表したいと思った。岩崎は思うところがあった。これで世の中が大きく変わる、少なくとも人生観が変わった。企業に働く技術者の責任と義務、人のためになす企業を目指すべきだと、心底思うようになった。

臨時の役員会終了後、岩崎は研究所に向かってハンドルを握った。常務取締役にはハイヤーが付いていたが、岩崎は自分で運転した。テスト車両である。

研究所は春日井工場の一廓にあった。本社から車で四十五分の距離である。研究所専用の駐車場に車を駐めると、非常階段を上って武村がいる実験棟に入って行った。駐車場からこの経路が最短だからである。

「臨時役員会はいかがでしたか」

入ってきた岩崎に武村が声をかけた。

「今、いいかな」

二人は並んで会議室に向かった。

「社長がね、原発が壊れた後のことを気にしているようでね、五十四基ある原発が停止、関東地方が停電になったりして、それで我が社にも影響が出るのではないかと心配になったようだ」

岩崎は、席に着くなり臨時役員会の話を始めた。

「多くの技術者の価値観や人生観が変わった、そうじゃあないかと、原発はもう駄目だから原発に替わるビジネスチャンス到来だと僕が発言したら、岩根専務から、研究所のおまえの仕事じゃないかと言われたよ。福島原発崩壊後の我が社はどうあるべきか、原子力を専攻した君の意見を聞きたくてね」

岩崎が続けて言った。

「原子炉を冷やす冷却水の循環さえできていれば、これほどの大事故にならなかったと思います。僕なりに検証してみました。資料を持って来ます」

小走りに出て行った武村がファイルを持って戻ってきて、岩崎の前に広げた。

「所長には前から詳しくお話ししていますが、原子炉の中にある燃料棒が溶けたのではないか

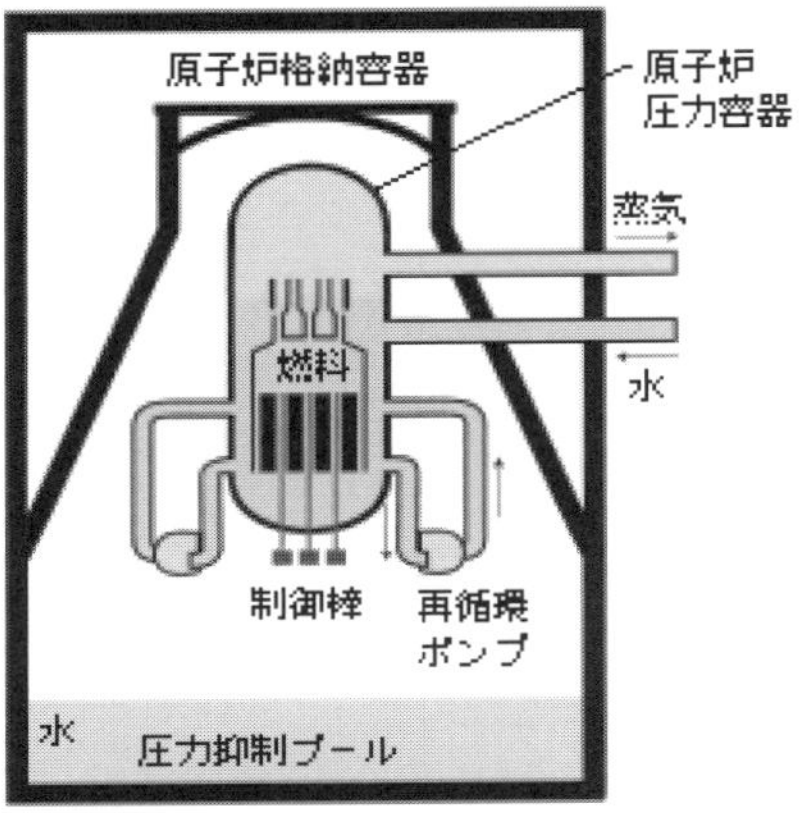

原子炉の構造
原子炉内部、ウラン燃料の溶解が始まる
（出典：エネルギー庁 HP）

と。もしそうでしたらこの図のように、原子炉内部の燃料が過熱して溶け落ちたと思われます。水で冷やしていますが、その水がなくなれば、燃料部のウランは核分裂で発生した熱で加熱、溶解です。溶けても分裂は止まりませんからどんどん分裂、熱が発生し高温状態となり、ついにはメルトダウン。こうなったらもう始末に負えません」

　武村は原子炉内部の図を指さしながら説明した。

「どうなるかね」

「溶けても分裂は続きます。放射線の大量発生、もう放射能の発生を止められません。溶け落ちた燃料を除去しない限り抑制不可能です」

「どうすりゃあいいんだ」

「除去できなければ、周りをコンクリートなどで囲み放射能が漏れないようにする。以前お話ししたチェルノブイリ原発がやった石棺、あれです」

「石棺か、悲惨だね。それでこの先、我が社はどうすりゃあいいと思うね」

「原発に替わるエネルギー源は、僕もビジネスチャンスがあると思います。例えば我が社が開発

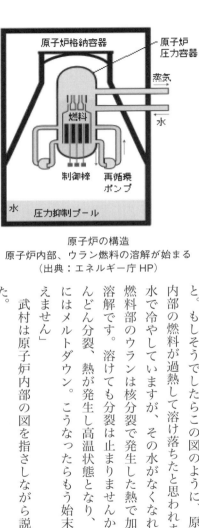

している燃料電池とか」

「なるほど、セラミックの燃料電池か」

「今、僕が抱えているメインテーマです。セラミック製燃料電池は燃やさずにエネルギーを取り出せます。温暖化防止にもなります。原発に替わる発電装置です」

武村が自信ありげに言った。

「素晴らしいね、できそうかね」

「何とか物にしたいと思っています」

「福島の原発崩壊でうちの社長も何かせにゃあと感じられたようだ。僕も企業としての責任を感じる。利益追求だけが企業の目的でなく、もっと多くの目的がある。製造業は人を幸せにする物を創らんと、そんな気がする」

「そんな甘いこと言ってよろしいのですか、よく常務まで出世しましたね」

「提案型社員だから歴代の社長さんに可愛がられた。すぐ手を上げて意見を言う」

「燃料電池は世のため人のためになると思います。原発に替わる温暖化防止にも貢献します」

「そうか、企業人としてのテーマになるか」

「セラミック屋の新しいビジネスになると思います」

「同業他社に遅れないよう、開発を急がんといかんな」

第二章　東京モーターショー

二〇一三年十月、二年おきに開催される東京モーターショーが開幕した。華やかな祭典である。自動車関連企業に席を置く岩崎は毎回参加していた。自動車メーカーは勿論自動車の部品製造会社も出店、岩崎の会社も重要なビジネス拡大チャンスとブースを開設、新商品や新技術を展示した。世界の主だった自動車メーカーも出展、国内自動車メーカーと競合、販路拡大の華やかな祭典である。

東北大震災の悲惨な頃の状況と比べ、どこのブースも活気に満ちていた。月日の経つのは早い、大震災からもう二年半が過ぎていた。目前の華やか雰囲気に、岩崎は充実した気持ちになっていた。会社の業績もうなぎ上り、研究所所長として社内の発言力も強くなっていた。モーターショーのブース設営は自動車関連事業部の管轄であったが、岩崎は積極的に関与した。岩崎が研究所長でありながら関与できたのは、自動車関連事業部の技術部長を長年務めていたからである。

自動車関連事業部は、点火プラグとエンジン制御用センサーの製造と販売を手掛けていた。センサー類の主力製品は酸素センサーである。空燃比制御用センサーとも呼ばれていた。両方ともエンジンにとっては重要部品である。

　東京モーターショー、この年は四十三回目、二年間隔で開催されている。始まった頃は毎年開催されていたが、いつの頃からか二年間隔になった。各社出展の内容は現商品と未来商品が多く、時代を反映した技術展示も数多く並ぶ。とりわけ環境関連技術が多く展示されていた。地球温暖化が叫ばれて久しく、二酸化炭素排出レベル低減のための技術競争が始まったと感じられた。

　スポーツタイプの車で有名なドイツの自動車メーカーもハイブリット車を展示、燃費の良さを強調していた。環境に優しい車がテーマかと岩崎は少々がっかりした。車の性能、ことにエンジン性能、ターボを効かせた馬力競争時代の展示は良かったなあと技術部長時代を思い出した。エンジン部品屋の根性が抜けない岩崎である。

「岩崎さん、今年もやっていますね」

　岩崎は自社のブースの前で声をかけられた。

「矢野さん、お世話になっております」

　岩崎が自動車関連事業部の技術部長時代、よく訪問した帝国自動車の機関設計部長だった。もう二十年も前の主任時代から顔なじみだ。

「点火プラグ、ずいぶん細くなりましたね」

　矢野が、展示されている十二ミリネジサイズのプラグを指さして言った。

「バルブ径を大きくして燃焼効率を高める意図でしょうか、細いプラグを作れと言われまして。馬力を出すためでなく燃費向上ですね、時代が変わりました」

ちょっと前まで、千五百馬力、ターボエンジンで一千馬力を出す馬力競争時代があった。

「環境に優しいエンジンの時代ですね、ハイブリッド車のエンジン設計が主務になりました。燃焼効率五〇パーセントが目標です。点火性の優れたプラグが必要ですから、プラグ屋さんの活躍がないと実現しませんね、岩崎さんもプラグの研究続けてくださいよ」

矢野は笑いながら岩崎の手を握った。

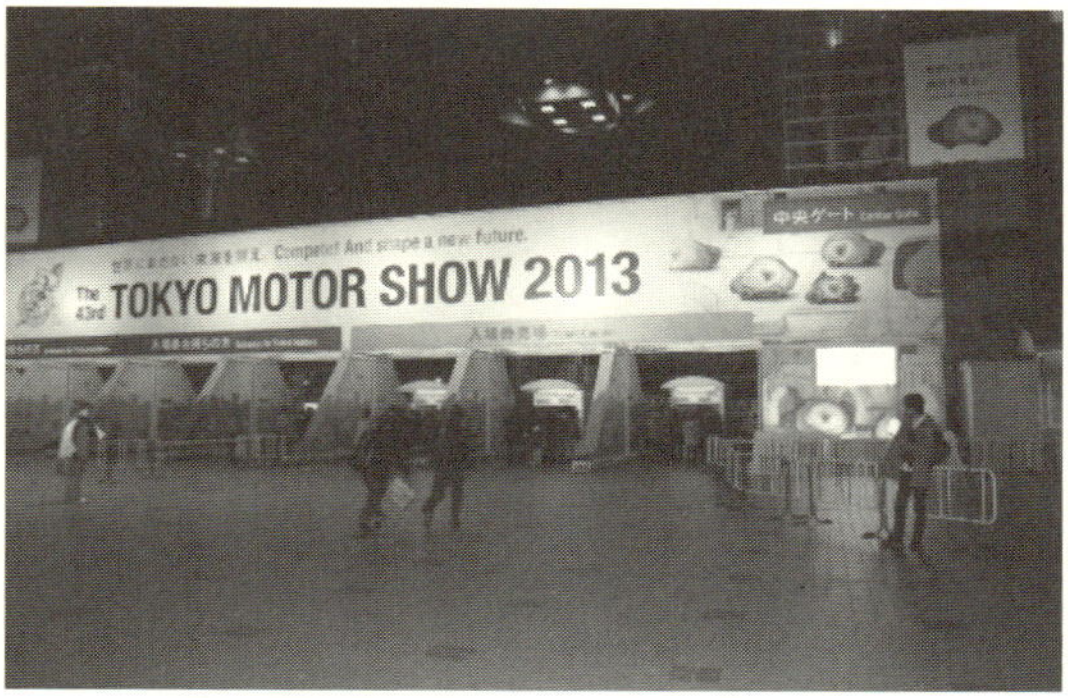

第43回東京モーターショーゲート前
（撮影著者）

「矢野さん、効率五〇パーセントのエンジンってすごいですね、出来るんですか」

「加減速はしない、最も燃費の良い条件で廻せば可能性はあります。常に一定速で廻し、安定した条件で運転すればかなり高効率のエンジンは出来ますね。地味な開発です」

「ハイブリッド車専用エンジンって特別ですね。知りませんでした」

「エンジン屋が生き残る道ですよ。熱効率が五〇パーセント以上になれば、これで発電機を廻し、バッテリーを充電、バッテリーで走る電気自動車ですね」

「電気自動車ですか」

「岩崎さんもご存じのように、自動車は頻繁に加減速しますね。アクセルを踏み込む、ドットターボが効いてエンジンが唸り声をあげる、まあそれが快感でもありますがね。そういう使い方はせずに、常に一定速で平穏に廻す、アクセル開度に無関係で、そのエンジンパワーでバッテリーを充電する。モーターの力で走るハイブリット車、そういう時代になりましたね」

矢野は寂しそうに言った。

ハイブリッド車はエンジンと電気モーター、二つの動力源で走行する自動車で、幾通りかの組み合わせがある。電気モーターは発電機にも動力源のモーターにもなるから、エンジン軸と直結してエンジンのパワーで発電したり、エンジンを補足する動力源のモーターになったりして、最も効率の良い組み合わせで駆動力になる。始動や低速は電気モーターで走行、ブレーキ時は発電機として働くなど燃費の良い車である。

「矢野さん、高圧縮、直噴、ターボ、高出力エンジン、やってもらえませんか」

「時代が変わりましたね。環境に優しい車、窒素酸化物や二酸化炭素を排出しないエンジン、環境汚染回避の自動車開発でしょうか」

モーターショーの会場を隈なく見て回った岩崎の感想も、矢野の発言に似ていた。高出力エンジンの展示が少なくなった。エンジンの展示が一つもない自動車メーカーのブースもあった。自動車と言えばエンジン、そのエンジンの姿が見られないのだ。

「矢野さん、燃料電池車の展示が沢山ありますが」

「東海自動車さんが盛大にやっていますね。燃料電池自動車もハイブリット車に似ていますね。

燃料電池がパワーソース、この発電でバッテリーを充電、バッテリーの電気で走りますからね。パワーソースがエンジンか燃料電池かの違いです。もしもですよ、燃料電池の発電効率が五〇パーセント以上で安価になれば、十分競合できますね。燃料電池と同レベルの効率ならエンジンを載せますね、百五十年の歴史がありますからね。価格も安い。まだまだエンジン屋が頑張れますよ。エンジンは素晴らしいパワーソース、捨てたもんじゃあない」

「ありがとうございます、矢野さんにそう言っていただくとプラグ屋も救われます。プラグの要らない車社会になったら我が社は廃業、飯の食い上げです。死んでしまいますね」

モーターショーに展示された
ハイブリットカットモデル（撮影著者）

岩崎は大げさに言って矢野の肩を叩いた

矢野を見送って、岩崎は再度東海自動車のブースに行った。「五〇パーセントの高効率エンジンが開発出来たら、そのエンジンを載せたハイブリット車が主流になると嬉しい」と矢野の発言があった。しかし、気になった。東海自動車以外に栃木自動車も大々的に燃料電池車の展示を行っていたし、海外メーカーにもあった。各社いろんな可能性を探っているのだと思った。エンジンの要らない時代が来たら、我が社はどうなってしまうのか、穏やかな気分は遠のいた。

東海自動車の展示は華やかで、感動的な青色に染まっていた。大きな青色の画面に、水素で走るクルマと書かれていた。その大画面の前に実物と思われる燃料自動車のカットモデルが置かれ、見事な演出がされている。岩崎は再度ここへきて何度もシャッターを切った。青色を基調にした画面は水素のイメージなのだろうか、クリーンなエネルギーのイメージなのか、人の心を引き付ける爽やかさがあった。

岩崎が画面を注視していると青い地球が現れた。美しい地球である。青色に輝いている。宇宙に初めて行った宇宙飛行士が地球は青かったと言った。その美しい青色の地球に〝水素社会の先駆けとなる一台を〟と文字が浮かんだ。感動的な情景が映し出された。岩崎は再度感動した。美しい地球を守るための一台だと明言していた。

テレビでよく見る有名な俳優のトークも素晴らしかった。この燃料電池車は排気ガスをいっさい出さず、排出するのは水だけ、地球にやさしい究極の自動車だとほめたたえた。画面にその様子を映し出し、地球温暖化にストップをかける車だと紹介した。燃料は圧縮ボンベに詰め込んだ水素であり、それを燃やすのではなく化学反応で電気を起こす。その電気で走る画期的な車であると声高に説明した。

俳優だけあってその説明はわかり易く、画面の相乗効果もあって未来社会の車はこうなるんだ、という説得力があった。技術の世界に生きている岩崎も、ナレーションの響きに酔いしれた。近い将来、自動車はゼロエミッションの燃料電池車になると思わせる迫力があった。

ついさっきまで高効率エンジン搭載のハイブリット車が主流になると思えたが、いま目の前で

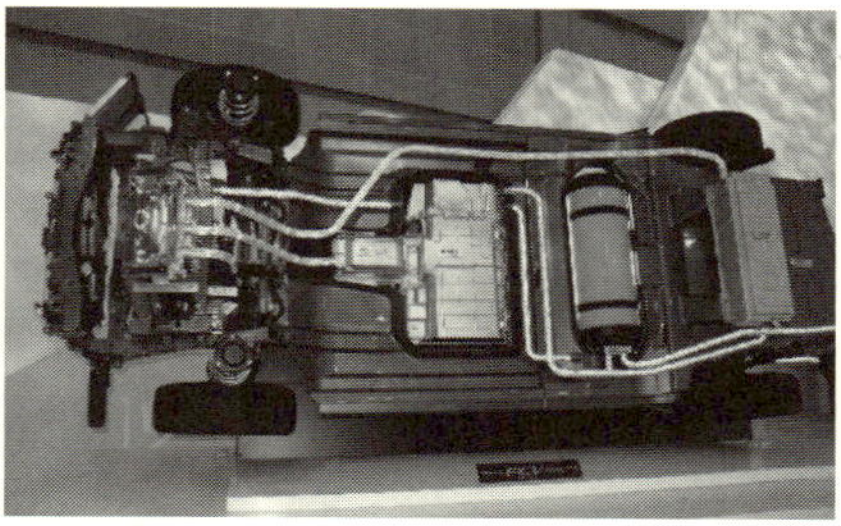

展示されていた燃料電池車のカット車体
（撮影著者）

水素社会の先駆けとなる一台
（撮影著者）

演出されている燃料電池車の魅力に触れると、そういう時代が来るような気になった。高効率エンジンといえども排気ガスは排出される。三元触媒を使った排気ガス浄化装置を経由しても窒素酸化物がゼロにはならず、二酸化炭素の排出もゼロにはならない。燃料電池車ならこれらが全てゼロ、まさに究極のクリーン車だと思えた。

　燃料電池車の車体も展示されていた。燃料電池車の構造が良くわかるよう屋根や座席シートなど取り除いたカット車体である。エンジンルームの所に燃料電池スタックらしき構造物があり、中央部分にリチウム電池群、後方トランクの辺りに水素ボンベが見える。水素ボンベに充填した高圧縮水素が燃料で、この水素で電気を起こし、中央部分のリチウム電池に充電、走行は充電された電池のエネルギーのようだ。

　ハイブリット車のエンジンが燃料電池となり、ガソリンタンクが水素ボンベになっている。エンジンがない車を初めて見た岩崎は困惑した。これまでになかった車である。おそらく量産されれば世界初、日本の技術が開花した最高傑作車の誕生だ。よくやられたと敬意を表したい心境になった。だが心からおめでとうとは言えない岩崎だった。エンジンがいらない車が市場を席捲《せっけん》したら我が社はどうなってしまうのか、生きる糧を失うような危機感に苛《さいな》まれた。

「東海自動車のブースに行って来た」

自社のブースに戻った岩崎は、自動車関連事業部所属の技術者に声をかけた。説明員として派遣されている技術者である。若い技術者がどう思ったか知りたくなった。

「僕も休憩時間に行きました。燃料電池車、見て来ました」

若い技術者も関心があったようだ。いろんな車の展示があったはずだが、燃料電池車と明言した。

「それでどう思った」

「素晴らしいと思いました」

「それだけかね」

「運転したいと思いました。高価で買えないと思いますが、安くなったら」

「欲しい車かね」

「はい」

若い技術者は目を輝かせ、嬉しそうに答えた。大震災の後暗いニュースが多いが、ここには華やかさがあった。未来への夢があった。若い技術者との会話で岩崎はそう感じつつも、蟠《わだかま》りを禁じえなかった。エンジンが不要になったら我が社はどうなってしまうのか。そして福島原発崩壊後の後始末も気になった。

ガソリンエンジンと燃料電池、地球温暖化、異常気象、原発の崩壊、今回モーターショーを見ていて関連性があるように感じた。一見何の関連もないようだが、根底には福島原発崩壊の影を感じた。あれ以来、何事にも限界があると思うようになった。自分の能力の限界、命の限界、エンジン熱効率の限界、原発の安全性、埋蔵資源量、食料生産、この二年半で人生観や価値観に大きな変化が生じたと思った。

そう言えば、先見の明のある著名な実業家や政治家、科学者からなるローマクラブが一九七二年に出版した『成長の限界』と題した本があった。数字は不確かだが石油は三十年、天然ガスは四十年、原子力発電用のウランは五十年で枯渇するというような内容だった。食料も不足して餓死者が出るとも書いてあった。今年は二〇一三年、『成長の限界』が出版されてから既に四十一年過ぎたが石油は枯渇することもなく、ガソリンも豊富に出回っている。あの本の予想は間違っていたのだろうか。いや、皆が頑張ったからかもしれない。

掘削技術が向上し、地下埋蔵資源の収穫が容易になった。深い海の底からも石油が採れるようになった。石炭や天然ガスも採掘できるようになった。石油は三十年で枯渇すると記述されていたが、今ではこの先二百年は大丈夫だと言われるようになった。ガソリンスタンドへ行けばいつでも満タン、資源の限界はかなり先に延びた感触である。

だが、新たな難問が浮上した。再起不能状態の原発、放射能に汚染される海や大気、地球温暖化による異常気象の頻発、深刻な大気汚染、地球環境悪化が加速されている。豊富な地下資源を燃やして得たエネルギーの大量消費によって環境破壊が始まってしまった。二酸化炭素を大量にまき散らす十億台もの自動車、より豊かさを求めて奔走する七十億人の莫大なエネルギー消費。こうなると浄化能力にも限界があるようだ。資源の枯渇ではなく浄化能力の限界が迫っている、そう思う岩崎だった。

第三章　世界各地の異常気象

「所長さん、広島営業所から電話です」

研究所の女子社員が呼びに来た。

「もしもし、岩崎ですが」

「広島営業所の西村ですがすいません。やっぱり電話番号間違えたようで、所長、すいません」

「西村君か、東洋自動車さん訪問では世話になりました」

自動車関連事業部の技術部長時代、広島営業所長西村に世話になったお礼を言った。

「こちらこそ助けてもらいました、感謝しております。総務部長さんにお聞きしたいことがあったんですが、番号間違えたようです、すいません」

電話の向こうで何度も頭を下げているようだ。

「総務部って、何か事件でも」

「実はうちの社員、自宅が土石流に流されまして。会社から補助かなにか、支援があるのかどうかお聞きしたくて」

「土石流で自宅が流されたって！」

「ええ、この間の豪雨で。まさかうちの社員が被害に遭うとは、びっくりです」

「本人は無事なのですか？　怪我は？」

「家の土台部分がえぐり取られて一階部分が潰れたそうです。幸い家族全員二階にいたそうで無事でした」

「そうか」

「家の修復にかなりお金がかかりそうで、会社から支援がないか聞いてみようと思いまして、すいません」

広島営業所の所長はすまなさそうに言って電話を切った。広島市で土砂災害が起こったことはテレビや新聞報道で知っていた。まさかうちの社員が被害に遭ったとは。遠いところで発生した出来事だと聞き流していたのに、うちの会社の社員が被害者とは驚きである。とうとう始まってしまったのかと暗い気持ちになった。

「安藤さん、八月二十一日の新聞、持って来て」

研究所書記係の女子社員を呼んで言った。

「日刊工業新聞ならありますが」

「それでいい、持って来て」

テレビでもたびたび報じていたし、自宅で新聞も読んでいたから広島市の豪雨災害は十分承知していたが、身内から被害者が出たと聞いて改めて読んでみたいと思った。

「土砂災害　39人死亡
八月十九日深夜から二十日未明にかけて、広島市を中心に局地的な豪雨となり土砂崩れや土石流が発生。多数の住宅が呑み込まれ三十九人が死亡、七人が行方不明、けが人も多数。午前一時半から三時間の降雨量は観測史上最大の二一七ミリを記録……」

広島の豪雨災害の様子（国土地理院 HP）

改めて見た新聞記事は、観測史上最大の二一七ミリの雨が降ったと報じていた。短時間に二〇〇ミリ以上の雨とはまさに滝のような雨だろう。滝のように山に降った凄い雨が、山の急斜面を大量に流れ下って、山の土や石ころ、大きな岩をも巻き込んで落ち来たら、下にいる者はどうなってしまうのか。想像するだけでも恐ろしい光景である。地球温暖化が招いた災害だろうか。弊社にも責任の一端があるのだろうか。企業は責任を負わなくてもよいのだろうか。

自動車のパワーソースはエンジンである。多くのエンジンは、ガソリンを燃やしてその熱エネルギーで走行している。そのガソリンに火を着けるマッチの機能を有する部品を我が社は製造している。燃やさなければ温暖化を促進する二酸化炭素も発生しない。点火する部品がなければ、燃やさずにエネルギーを取り出すエンジンが生まれていたかもしれない。そんなエンジンがあるはずもないのに、ふと企業責任を感じた。

「所長、なにかいいこと書いてありますか」

深刻な表情で新聞を開いていた岩崎に武村が声をかけた。

「やあ武村君、逆だよ。我が社のふとどきな業務内容に責任を感じてね」

「何ですかまた、ふとどきとは」

「エンジン屋さんに食わせてもらっているだろう」

「そうですが、それが悪いことでも」

「二酸化炭素をまき散らしているエンジン、あれだよ」

「あれだよって、なんですか」

「エンジン屋に食わせてもらっているが、悪徳商人に養ってもらっているような気がしてね」

「それは言い過ぎですよ、エンジン屋さんのどこが悪徳商人ですか」

「二酸化炭素をまき散らす」

「エンジン屋さんに責任はありませんよ、いいですか所長」

「武村君、冗談だよ冗談。嫌な話を聞いてね」

「嫌な話ですか、なんですか」

「広島営業所の社員が被害に遭ったそうだ」

「何の被害に」

「土石流で家が流されたそうだ。地球温暖化だよ」

「そうでしたか、お気の毒に……うちの社員が被害者ですか……」

武村は暗い顔つきになった。

「物知り博士の武村君に聞くけどね、二酸化炭素ってどれぐらい増えているかね」

「ちょっと待っていただけますか、データ持って来ます」

物知りで生真面目な武村が駆け足で戻ってきた。いつもこうである。データに基づいて説明しようと試みる武村には、いつも感心する。企業で出世するにはいい部下を持つことだ。有能な部下を育てる努力も必要だが、いくら努力しても有能な部下が育つとは限らない。運とは不思議なもので、ツキに見放されると頑張って努力しても報われないことが多い。神のみが知る運であるが、サラリーマンにとっては出世の重要な要素である。信頼のおける部下を持てた運に感謝する岩崎だった。

「なにか顔についていますか」

覗き込むようにじっと見つめる岩崎に向かって武村が言った。

「別に、なにも」

そう言ってニヤッと笑い顔を浮かべた。

「この間テレビを見ていたら温暖化への警告とかいう番組があって、面白いデータがありましたので録画しました」

武村がＡ４サイズのカラーコピーを広げていった。

「所長、大丈夫ですか、データ見てくださいよ」

本当にいい部下だと惚れ惚れとしている岩崎に向かって、武村が声を大きくした。

「すまんすまん、ありがとう」

「いいですか、横軸が年数、二〇〇九年から二〇一四年。縦軸は二酸化炭素の濃度ｐｐｍ表示です。■が月別値、●が年平均値です。一目瞭然、ほぼ直線的に増加、四〇〇ｐｐｍに向かって一直線の増加です」

「全大気平均濃度って、どうやって測定したのだろう」

「気象庁でしょうか、人工衛星『いぶき』という温暖効果ガス観測技術衛星が大気中の二酸化炭素を計測してデータを送ってくるそうです」

「日本の衛星か、たいした実力、すごい」

「そうです、日本の衛星『いぶき』のデータ、温暖効果ガスは間違いなく増大です」

「そうかね、温暖化が進んでいるか」

「所長、数値データもあります。よろしいですか、ちょっと古いデータですが、二〇〇五年の調べで二酸化炭素の排出量は年間七十二億トン。このうち海洋の吸収が二十二億トン、陸用生態系の吸収が九億トン、残り四十一億トンが大気に留まるそうです」

「海がそんなに大量の二酸化炭素を吸収して大丈夫かね」

「海水の酸性化が進むそうです。それに、海水の温度が上がると膨張して水没する島がでてきます」

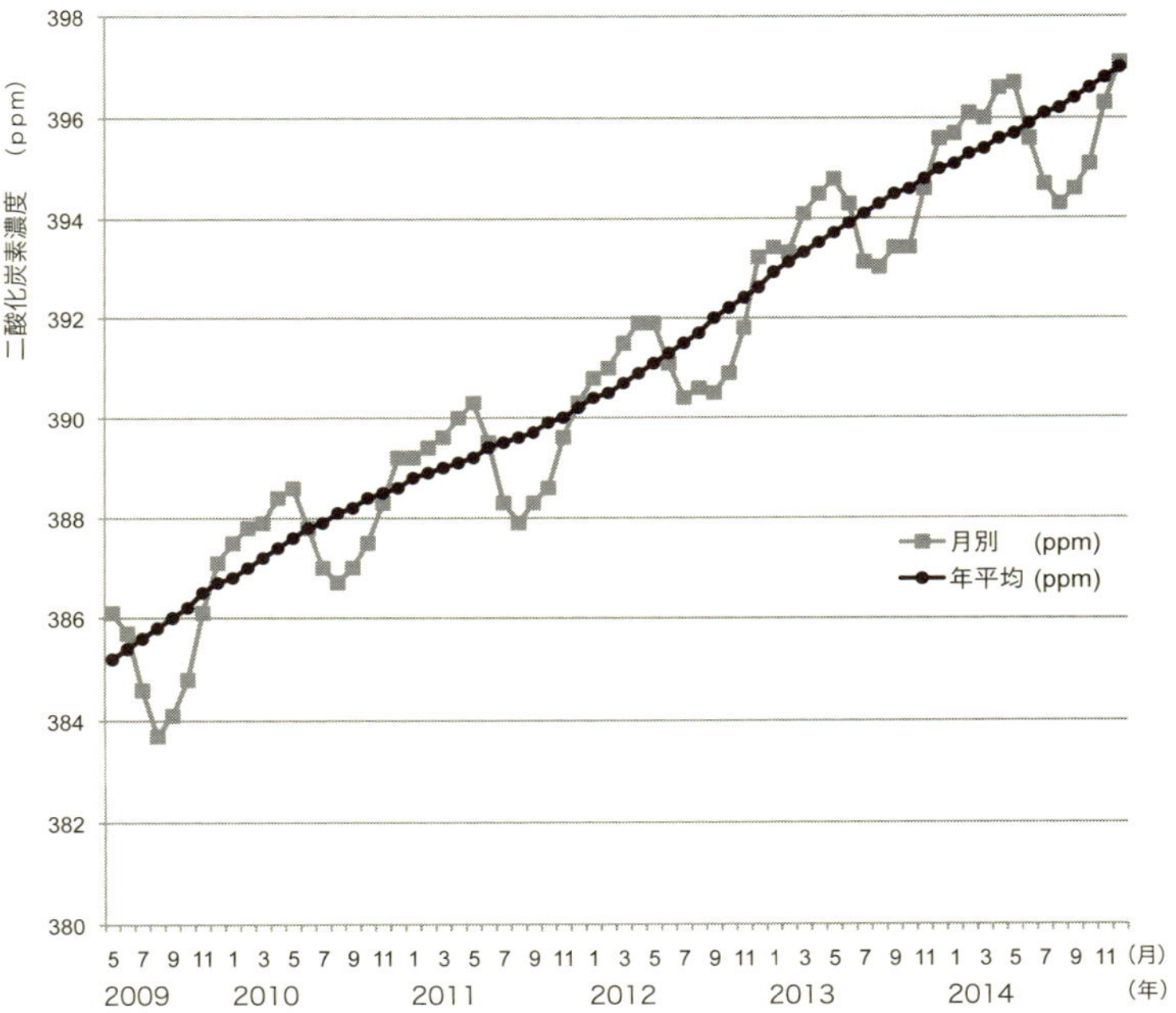

気象庁の観測点の二酸化炭素濃度及び年増加量の経年変化
（JAXA HP のデータをもとに作成）

「砂浜が消えてしまったら海水浴もできんね」
「海水の酸性化が進めば海の生物にも影響します」
「貝の堅い貝殻が弱くなると聞いたな」
「所長、もっと怖いのは、永久凍土が溶けると中に閉じ込められていた二酸化炭素とメタンガスが放出され、いっきに気温が上昇、破滅的な状況になるそうです」
「おいおい、脅かすなよ」
「メタンガスは二酸化炭素の十倍もの温暖化効果ガスですから、これが噴出したら……」
「アウトかね」

「温暖化がどれだけ深刻な影響をもたらすか、そろそろ真剣に考える時期が来たように思います。いかがですか」

「いかがですかと言われてもね、しょせん我々はサラリーマンだからな」

「温暖化を人類の文明にとっての問題と捉えたらどうでしょうか。明らかに深刻だと思います。人類の文明にとっての問題、温暖化を止めなくてはならない。このことは明らかです」

「武村君、さすがだね。温暖化は人類の文明にとっての問題か。温暖化を止めるには世界全体で二酸化炭素を出さない状態を達成しなきゃあいかんな、そうだな」

「所長に向かってこんなことを言うのは僭越《せんえつ》ですが、温暖化を止めるのは技術だけでは不十分だと思います。産業構造や社会構造、エネルギー需要構造、価値観やライフスタイルなどの大転換が必要だと思います。今こそ、その移行期です。僕たちは人類が文明の選択をする瞬間を目の前にしていると思います。自分が生きているうえでの役割を与えられた気がします。燃料電池が世界を変えるという題の本がありましたが、世界を変える十分な理由があって、自分の立場からその変革に参加している、地球温暖化を回避する壮大な物語です。人類の地球温暖化を回避する物語に失敗は許されません。様々な立場の人たちが知恵を絞り、議論に議論を重ね、温暖化の課題を社会が共有する、その先頭に立てればと考えています」

「パチパチパチ」

岩崎が拍手した。実に崇高な素晴らしい考えだと共鳴した。

「我々は地球温暖化を回避するこのプロセスに失敗は許されん。温暖化は人類の文明がつくった罪悪だ。我々は今、文明の選択を目の前にしている。生きている役割が与えられている。温暖化を阻止するのが我々の命題。今がやるべき瞬間なのだ」

岩崎は腕を組んで立ち上がった。武村もすかさず立ち上がった。しかし、サラリーマン技術者に何ができるのか。崇高な目標があっても実現は難しい。便利で快適な生活に欠かせない自動車、一度手に入れたら離すことはない。温暖化に寄与しているとしても豊かさが優先する。快適な生活こそが人々が求める本能なのだから、誰しもこれを放棄しない。

厳しい罰則で縛るしか改善の道はないだろう。やるべき現実が目の前にあって、それを達成する具体策があったとしても、企業に働く者がそれを手にすることはできない。企業の存続こそが一番大切だから、そちらが優先する。

企業人として育ててくれた先輩の厳しい顔が浮かんだ。社会を豊かにする製品作り、それこそが技術者の使命だと教わった。

岐阜県の山間部で超小型の水力発電を始めたと、先輩からの今年の年賀状に書いてあった。温暖化を阻止したいと思われたのだろうか。企業人としてどう振る舞えばよいか、久しぶりに世話になった先輩を訪ねてみたい気持ちになった。

それにしても企業に働く一社員が崇高な志を抱いたとしても、実現は不可能に近い。行政や政治が大きく舵を切らない限り、人は豊かさを求めて奔走するに違いない。

第四章　技術の継承

一九七九年四月、一年遅れの二十三歳。東海セラミック工業株式会社に入社した岩崎が最初に眼にしたのは正門脇の桜の木。三十六年も過ぎたのに、この光景だけは今でも鮮やかに覚えている。春爛漫、満開だった。希望に胸が膨らみ、桜の花が自分の門出を祝ってくれているように思えた。新調の背広に白のワイシャツ、青色の生地に白い線の入ったネクタイをきりっと締めて正門をくぐった。新鮮な新入社員である。

配属先がどこになるか、どんな仕事をさせてもらえるか、どんな上司か、新入社員の誰もが抱く最初の不安とときめきである。岩崎は工学部電気工学科卒であったから、研究部門か技術部門に配属されればと願っていた。研修期間が終了して配属先が決まった。望み通り自動車関連事業部の技術部配属になった。直属の上司がどんな人か気になったが、こればかりは選択の余地がなく、神頼みである。幸い学研肌で温厚な、良ちゃんと愛称で呼ばれている設計課長だった。平塚良蔵である。岩崎と歳の差十六年、三十九歳の若い課長さんだった。

人は親と同様、上司を選べない。上司の優劣が入社後のサラリーマン人生を左右する。役に立つ優秀なサラリーマンに成長するかしないかは、上司次第だとも言える。入社早々の岩崎は勿論そんな上司運など知るよしもない。時が経ち係長に昇進する年代になっても、出世しない上司の下では部下も出世レースから外れてくる。上司が出世すれば出世の可能性が高くなるが、出世しない上司の下では可能性は著しく低くなる。

岩崎は幸運に恵まれた。希望通り技術部配属となり、優秀な上司の下で技術職についた。運以外のなにものでもない。

「岩崎君、点火性能の優れたプラグ開発が君の仕事だ。先行開発グループで頑張ってほしい」

直属の上司からの初めての指示である。二十人ほどの社員が次世代点火プラグ開発に鎬《しのぎ》を削っていた。そのグループに所属して働けとの指示である。

「我々のお客さんはエンジン屋さんだ。そのエンジン屋さんが欲しいプラグを作って提供する、これが君の仕事だ。お客様が欲しいプラグとは、壊れない、長持ちする、安い、高性能、特に点火性能の高いプラグだ」

上司の言葉である。上司の言葉は神の言葉だと岩崎は全身で聞いた。上司の頭の中には排気ガス浄化で苦労されたエンジン屋さんたちの思いが描かれているようだ。一九七〇年代米国で始まったマスキー法の施行である。プラグ屋もこの渦中に取り込まれていると教えられた。排気ガス浄化競争は熾烈だった。

幾つかの開発競争を経て、排気ガス浄化は三元触媒方式に集約された。三元とは窒素酸化物（NO^{X}）、一酸化炭素（CO）、炭化水素（HC）である。理論混合比で燃焼させるとこれら三成分が浄化できる三元触媒システムの発明で開発競争が決着した。幾つかの発明や考案があった。

排気ガスの酸素濃度をオンタイムで計測できる酸素センサーの実用化もその一つであった。

排気ガス中に含まれる有害な三成分のうち、ＣＯとＨＣは酸化作用で、NO_xはＣＯとＨＣを使って還元作用——この酸化と還元を同時に行い、有害ガスを分解浄化するという画期的な排気ガス浄化システムが開発された。このシステム構築に酸素センサーは大きく貢献した。

さらに燃料噴射機器、空気流量計測や排気ガス成分計測、これらを最適な数値に制御できるマイクロコンピュータを考案し、廉価な価格で提供できるよう頑張った関連企業の人たち、技術立国日本の象徴的な排気ガス浄化システム構築である。

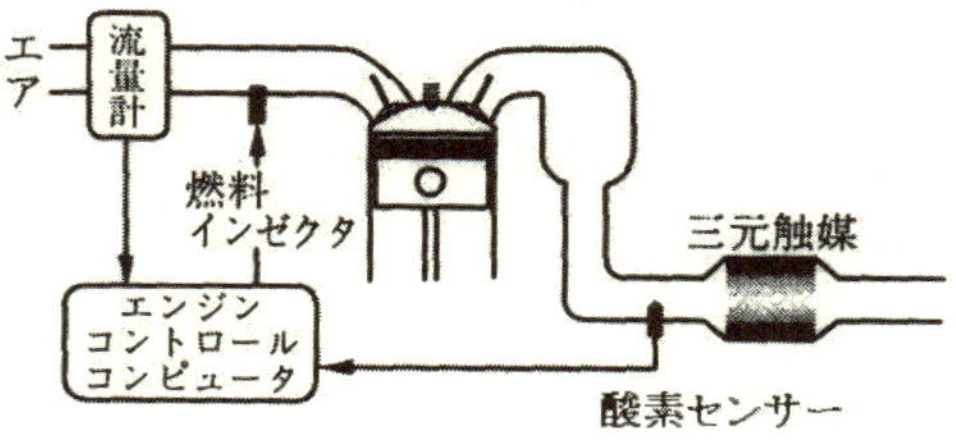

排気ガス浄化システム略図（三元触媒）
（拙著『自動車の排気ガス　浄化に挑む』p.160）

排気管に取り付けられた酸素センサーは酸素濃淡電池とも呼ばれ、排気ガス中に酸素がないと約一ボルトの起電力が発生、酸素があると起電力が発生せず、酸素の有無を鋭敏に感知できるセンサーである。センサーに起電力が発生すると濃い混合気、センサーに起電力が発生しないと薄い混合気、センサーの信号によって燃料の噴射量を制御して、理論空燃比で燃焼させる三元触媒方式の完成である。こうして三元触媒方式は厳しい排ガス規制を見事にクリアし、排気ガス浄化の主役となった。

岩崎たち新入社員が入社したその頃は、車の普及期と重なってどこの自動車メーカーも超多忙だった。自動車メーカーが多忙なら部品屋も同じである。岩崎が所属した先行開発グループは、不夜城と言われるほど遅くまで明かりが灯っていた。上司の平塚課長は文字通り不眠不休で働き、自動車メーカーからも厚い信頼があった。

岩崎の上司平塚課長は四十五歳の若さで部長に昇進した。同期の中で最も早い出世である。岩崎は上司の平塚と馬が合った。意気投合できたのは勿論努力したからである。常に上司の指示以上のことを実験し、不明なところは先輩に聞き、それでも納得できなければ大学の教授に教えを請うていた。批判は口にせず、何事にも積極的に提案した。使いやすい部下を心がけていた。自分は提案型猛烈社員だと豪語していた。

「エネルギー分布と点火性能の関係はわかりましたが、直噴エンジンと予混合エンジンとで違いがありますか」

あるとき客先へ平塚課長と同行した折、客先の技師から質問が出た。平塚は岩崎に、直噴エンジンだけ実験して報告書を書くようにと指示していた。平塚が心配そうに首を岩崎に向けた。

「予混合エンジンではこうなりました」

岩崎が素早く一枚のデータを技師の前に広げて見せた。

このようなことが社内の技術報告会でもたびたびあった。上司の指示の一五〇パーセント増しでデータを取った。実験して調べ、確認した事実は説得力がある。理論に基づき正しく実験して得たデータは真実だと評価してくれる。データを基に理論を組立て、実験で確かめ、設計図をひき、試作して確かめる、その繰り返しが全てだと、岩崎は平塚上司から叩き込まれた。そのおかげで今日の自分があると、今でも感謝している。

「企業は誰のためにあるのかね」

もうずっと前、平塚上司から言われたことがあった。企業存続の意義を教えたかったようだ。目の前の難題を解決するために忙殺されていた岩崎には、無縁の響きであった。

「名古屋港の近くに中部電力の火力発電所がある。真っ青な空に向かってモクモクと煙を舞い上げている。大気汚染の元祖のように見える。煙でなく無害な水蒸気かもしれないが、見た目は大気を汚染しているように見える。電力を供給し、我々の工場を動かし、生活の根底を支えてくれているから、仕方ないなあ」

平塚上司がそう話したことを思い出した。平塚上司は専務まで昇進された。サラリーマン技術者として満足な人生だったと思えた。岩崎もその時の彼と同じ年代になった。技術者として、企業人としてどう生きるか、終活の時期を迎えている気がした。時の流れは速い。若かりし昔の自分を振り返るようになった。

東海セラミックは優良会社と言われている。収益性の高い会社で、従業員の待遇も良いし、将来性もあると評価されている。自分は常務取締役まで昇進した。特別優秀でもないのに、良き先輩諸氏に恵まれ、出世できた。定年もそう遠くはない。企業人として最後に、この先どう生きるべきか先輩の意見を聞いてみたくなった。今は便利なメールがある。便箋も万年筆もいらない。自宅のメールアドレスを知っていたのでメールで拝顔いたしたくと送った。

「親愛なる平塚先輩様、ご無沙汰いたしております。お元気でご活躍のこと、嬉しく存じます。社団法人陸用内燃機関協会の機関誌に投稿されているマイクロ水力発電の連載講座、毎回楽しみに拝読いたしております。福島の原発崩壊後始められたとありましたが、その後いかがですか。弊社はお陰様で順調に売り上げを伸ばしております。これも大先輩のご尽力があったからこそと感謝いたしております。近々拝顔してマイクロ水力発電の経過などお聞かせいただきたく、平塚先輩もよくお使いだった料亭かもん、ご一献差上げたくお伺いいたします」

マイクロ水力発電に興味はなかったが、地球温暖化が進み地球環境の悪化が避けられない渦中にあって、企業人としてどう対処したらよいのか、会社経営者としてどう舵取りすればよいのか、企業はどうあればよいのか、いろいろ聞いてみたくなった。


「お久しぶりです、先輩、お元気そうでなによりです」

一ヵ月後、岩崎は料亭かもんで平塚先輩と再会した。

「ご馳走してくれるとメール頂いてありがたい、常務に昇進したとか、おめでとう、よかったね」

後輩からお誘いの声がかかるのは滅多にないのだろう、平塚先輩は嬉しそうだった。

「マイクロ水力発電、その後いかがですか」

「ありがとう、始めて二年になるが、難しいね」

ビールで乾杯し、食事しながら会話が進んだ。

「先輩に伺いたいのですが」

岩崎は正座して平塚と向き合った。気楽な場であるが何故か改まった。

「先輩もご存じでしょうが、『成長の限界』という本で、石油は三十年で枯渇すると大騒ぎになりましたが、シェールガスの発見でこの先二百年は大丈夫と言われるようになりました。燃やしてエネルギーを得る方法は最も簡単ですから、中国を始め経済成長著しい開発途上国は、化石燃料を大量に燃やし続けています。その結果、気候変動の自己増幅が始まりました。自己増幅とは現在の温暖化が更なる温暖化を招き、その影響でますます温暖化が進むという、制御不能の悪循環が始まるということです。ツンドラが溶けると強力な温暖化効果ガスのメタンが放出されて気温が上昇し、さらにツンドラが溶けて気温が上昇、この悪循環はツンドラが全部溶けてしまうまで続くと予想され、気候変動の自己増幅作用を止めることが不可能になります。メタンの温暖化効果は二酸化炭素の十倍だそうですから、世界は破滅へまっしぐらです。この自己増幅に対抗するには力が必要です。企業人として黙って見過ごしていて良いものでしょうか。企業としてもやるべき役割があるような気がして、先輩のご高説を拝したいと思いまして」

岩崎は一気にまくし立てた、何がそうさせるのかわからなかったが、日頃考えているもどかしさをぶちまけた。平塚は黙って聞いていた。岩崎に知恵を与えたのは武村だった。

「二酸化炭素の排出を止めれば温暖化も止まるかね。猛暑日が多くなったと感じるが冬の太陽の光、日向《ひなた》ぼっこ、あの優しい温もりは太陽の恵み、太陽から降り注ぐ熱量に影響されていないかね」

平塚も岩崎の熱弁に同意したかったが、二酸化炭素説以外を口にした。

「そうかもしれませんが先輩！　産業革命前の二七〇ｐｐｍから四〇〇ｐｐｍへ向かって急激な増加ですよ。『何事も度が過ぎてはいかん』これは先輩の教えです。現実は度が過ぎていませんか」

「そうかもしれんな。君も電気工学を学んだから知っているだろうが、レンツの法則、磁束の変化を妨げる方向に起電力が発生するというあの法則のように、自然界は急激な変化を好まない」

自然は急激な変化を好まない――それが自然の摂理だと平塚先輩は公言していた。だから設計者は自然の摂理に背を向けてはならない、自然の摂理に符合していなければ必ず事故が起きる、と教育された。設計者の技量は、ハードルの高い妥協点を見つける力だと教わった。

「先輩にお聞きしますが、企業人として、エンジン部品屋として、このまま仕事を続けていてよろしいでしょうか」

「岩崎君、入社当時から変わっている奴が来たなと思っていたが、そうとうに君は変わっている。常務まで上り詰めたのだから、エンジン部品屋でサラリーマンを卒業したらいいと思うよ」

「一年先輩の中村専務、販売本部長には馬鹿な奴だといつも言われています」

「そうだろうなあ、中村君からみたら、イラつくね」

「先輩が築き上げられた技術力を継承して、我が社製品を世界のトップレベルに引き上げたのは我々です、中村さんではない」

「君は提案型の技術者、歴代の社長は提案型を好まれたね。批判ばかりの社員は好まれない。結果を見ての批判は誰でもできる。それ以前に提案する、君の評価はそれだ。だから歴代の社長は評価した。だから常務まで昇進できたと思うよ」

「先輩の度量が大きかったからです、感謝です。数々のノウハウを学ばせていただきました。出世される上司に恵まれ良かったですよ」

岩崎は平塚先輩の部下で良かったと感謝の気持ちになった。部下は上司を選べない。上司に恵まれなかった同期生が何人もいた。運に恵まれなければ出世はおろか、社内での発言力もない。仕事の範囲も狭くて小さくなってしまう。

「岩崎君は僕が持っていた技術をすべて盗み取りましたな」

「技術の継承ですよ。自分も優秀な武村君にすべて伝授しています」

「武村君か、知っている。原子力の専門家も今ではエンジン屋か」

「彼はSOFC、固体酸化物形燃料電池のことですが、具体的にはセラミック燃料電池の商品化を担当しています」

「知っている。僕の現役時代からだからもう二十年も前からになる。その後の成果をぜひ聞かせてほしいね」

平塚先輩が現役のころから、当時の研究部で行われていた。

「先輩、話は変わりますが、マイクロ水力発電の連載、興味を持って読ませていただいております。始められたのは岐阜の白川町でしたか」

社団法人陸用内燃機関協会が年四回刊行している機関紙に平塚先輩が連載記事を書いているこ

とを知っていた。東海セラミックも会員会社であったから毎回五冊配布されて来ていて、役員室にも回覧されていた。タイトルを見るぐらいであったが、先輩を立てる発言をした。

「そうかね、ありがとう」

人の心まで読めない。平塚は素直にお礼を言った。

「近々、現地を見せていただきたいと思っています」

ことの成り行きでそう言った。

「来てくれるかね、それはうれしい」

定年退職後十年以上も過ぎて、後期高齢者と呼ばれる年代になられたのに、山奥で水力発電に挑戦とはすごい、この情熱はどこから湧いてくるのか、興味があったのも事実である。

「企業も世のため人のため、貢献すべきだ。これは基本だが、多くの社員を養い、協力会社に仕事を与え、末代まで繁栄し続けなければならないから大変だ。企業のトップにはその責任がある。それに加えて夢がなければ」

「夢ですか」

「排気ガスをもっと綺麗にするエンジンとか、君が言う二酸化炭素を排出しないエンジンとか、そういう夢だよ」

「セラミックの燃料電池はいかがですか」

「いいねえ、燃料電池はいい。燃やさずにエネルギーを取り出す、僕もやってみたい。現役の君が羨ましいよ」

「セラミック屋にしかできない電池だからな、あれはいい。二酸化炭素を出さないパワーソースを世界中が求めている。第二の産業革命だよ。燃やしてエネルギーを得ることによって人類は豊かになった。自動車も船も飛行機も火力発電も燃やす文明で、その燃やす文明の開花が第一次産業革命だ。燃料電池は、燃やさずにエネルギーを取り出す第二の産業革命だよ。岩崎君、君は幸運児だ、第二の産業革命、真っただ中にいる。時代が君を呼んでいる、羨ましいね。命を懸けても惜しくない目的はそれだ、企業人人生でそれがやれる、羨ましい」

平塚が熱弁を奮った。自分にはそれができないという寂しさも漂っていた。

「燃料電池ですか、やっぱり、中村さんに怒られるなあ」

第五章　再生可能エネルギー

「ここから眺める景色が一番好きでね」

平塚が道路端に車を止めて外に出た。

穏やかな山里の風景、山と清流
（撮影著者）

「あの尖ったひと際高い山が箱岩山、標高は九七九メートルある」

平塚が東の方向を向いて言った。

「穏やかでいいですね、まさに里山」

岩崎も同じ方向を眺めて言った。三週間前、料亭かもんで岩崎が言った一言が、今日の白川町行きとなった。社交辞令ではあったが、まあそれでも久しぶりに山里へ来て気分は爽やかだった。

「目の前の川は黒川。ここ白川町には白川、黒川、赤川と呼ばれる三つの川が流れていて、飛騨川に流れ込み、幾つかの川を集めて木曾川となり、そして伊勢湾に流れ込む」

「ここが黒川ですか」

「川底の石が黒かったから黒川、川底が白いので白川、赤いので赤川と呼ばれているそうだ。三つとも木曽川の源流だね」

「水が綺麗ですね、滔々と流れている」

岩崎も良いところだと思った。

「この水が木曽川に流れ込んで大河になり、海に注ぐ。どんどん海に流れ込んでも海の水は満つることはない。海の水は溢れない。何故だろう、海の水が溢れないのは」

平塚が独り言のように言った。

「海の水は溢れませんよ、蒸発して雲となり、山に降ります」

岩崎が真面目な顔で言った。常識だよと言いたそうだ。

「水の循環、太陽の恵みだね」

先輩も嬉しそうだった。

「ここは不動の滝と名前がついている渓流だよ」

平塚が再び車を止めて外に出た。

「涼しいそうですね、勢いがある」

岩崎が水しぶきを浴びながら言った。

「もったいないと思わないか」

「何ですか、もったいないって」

岩崎が振り向いて言った。意味不明の表情をしていた。

「僕はもう十年近く見ているが、いつも勢いよく流れ落ちている。もったいないと思うようになったよ」

「一つ聞いてもいいですか、こんな田舎へ来た動機は何ですか」

「車中でも話したが、定年後人里離れた山の中で暮らしてみたいと」

里山のあちこちにある渓流
（撮影著者）

「軽井沢の別荘暮らしのようなそういう別荘暮らしですか。優雅でいいですね」

「川があって、山があって、川岸に道を造ったり、木を伐ったり、剪定したり、池を造ったり、山の造園、自然の中で暮らしてみたくなってね」

「渓流釣りとか」

「そうそう、魚釣りはいいね」

岩崎には想像もつかなかった。サラリーマン技術者の出世競争下で実績を積み、上司の評価を得たい日々だったたから、仙人のような暮らしは想像の圏外だった。自分にはやるべき事柄がいっぱいある。とてもそんな気持になれそうもない。

「人里離れた山小屋を探していたが、電気が来ていないと困るから、矛盾しているが、そういうところは地元の人がいるよね、ここへきて地元の人に渓流釣りを教えてもらい、はまったね。面白い、自然の中に溶け込んだ気分でね」

平塚先輩が嬉しそうに言った。退職した人の生き甲斐かあ、お金がないとできないなあと思った。

「福島の原発が壊れて、汚染水の処理や除染で出た放射性廃棄物の処理など、連日テレビで放映したよね。新聞や週刊誌にも、原発はもう駄目だと評論家のコメントも報じられていた。僕は技術者だから、技術の粋を集めた原発は歓迎していた。しかし3・11以来、技術の限界を感じるようになった。原発は温暖化防止の切り札だったから、これが駄目だとなると次の手はあるのかと考えたね。予想通り休んでいた火力発電所が稼働した。石炭や天然ガスを燃やしてフル操業だ。全ての原発が止まったから代打が必要。それはわかるが、名古屋港で火力発電所の煙突から噴き上げている煙をみてね、これはいかんと思った。何かしなければとね」

岩崎は黙って水の流れを見ていた。

「川で魚釣りを楽しんでいて思いついた。この流れで水車を廻して発電しよう、原発の替わりになるかもしれんと思いついたんだ」

「それが動機なんですか？　原発に替わるマイクロ水力発電、可能性があると思いましたか」

「いやそこまでは。ただ、何かしなければと思ったね、行動しなければと。目の前の水の流れを見ていて、もったいない、この流れで水車を廻せば一キロワットぐらい発電できる、と思えたんだ」

平塚は迷わず実行あるのみと思った。そして幾つも水車を造った。

「これまでに造った水車の写真見てくれるか」

不動の滝から七分ほど走って渓流沿いにある山小屋に到着、渓流が真下に見える居間に案内され、厚紙に張った写真を見せられた。先輩らしいせっかちな性格が出ていた。普通の人なら飲み物を出してくつろいでと案内されるところだ。

「一メートル水車と呼んでいるがね、直径が一メートルあるからそう名付けた。右上のノズルから噴射、衝撃水車だ、迫力あるよ」

「回転数はどれぐらいですか」

1メートル衝撃水車
100回転／分、90ワット発電
（撮影著者）

先輩の熱心さに合わせなければと思った。

「毎分一〇〇回転、大は小を兼ねると思ったが、発電機を廻すには低すぎたね」

「増速すれば、問題ないのではないですか」

「五倍速の発電機を購入した。ベルト掛けで廻すようにしたから、プーリーの大きさを四倍、四倍速、計算上は二〇〇〇回転になるが……」

「ならなかったのですか」

「発電機に組み込まれたギヤーボックスが過熱して、計算通りにはならなかった」

「発電量は？　発電しましたよね」

「負荷装置を造って、電球負荷だが、ここに電力を食わせて、消費電力を計測した」

「それで」

「最も良い条件で、最大九〇ワット」

「たったの九〇ワットですか」

しまったと思った。失言だ。

「そう、たったの九〇ワット、完全に失敗だった。水車の材料費は十万円だったが、水車に仕上げる溶接加工代や水車を載せる架台、水を引く導水路など全部合わせると百万近くかかった。導水路に使った内径百ミリのサクションホース、一メートルの単価が三千円もしたから、百メートルで三十万」

「百万円で九〇ワットでは」

「太陽光発電をやっている近所の方が見に来られて、これはいかんわと帰られた」

平塚が寂しげに言った。

「百万円もかけたのにね」

お金持ちの道楽としか言いようがない。バカみたいな話ですね、と言いそうになった。大先輩の所業である、水車が廻っただけでも評価に値する。

「次の写真、見てくれる」

平塚が別の写真を岩崎の前に置いた。

「ポンプ水車だ」

「ポンプ水車とは、ポンプを水車に使うのですか」

「そう、ポンプは水を汲み上げる装置だよね、世の中にいくらでもある汎用製品、これを水車に」

「面白そうですね、写真の右端にある黒い物が発電機ですか」

「そう、ここにモーターが付いていた。モーターの代わりに発電機だ。水を放出する方向から流し込んで、吸入口から排水する」

「ポンプと水の流れは逆ですね、それで結果はどうでしたか」

ポンプ水車　340ワット発電（撮影著者）

岩崎は面白い発想だと思った。逆もまた真なり、市販のポンプが水車とは。

「この写真のポンプは荏原製の二キロワット、電気モーターを除去して三キロワットの発電機を取り付けた。落差十七メートル、流量毎秒十一リットル、バルブを開いて水を流した。すごい勢いで回転した。一五〇〇回転にもなって驚いた」

「廻った、すごい」

「そう、大成功だと喜んだね。ポンプ代金は十二万円ほど、発電機が十八万円、最初の水車とは比べようもない廉価な価格で発電できた」

マイクロ水力発電で点灯した
200ワット白熱電球5個（撮影著者）

三代目水車ペルトン型
500ワット発電（撮影著者）

「それで、発電量は」

岩崎も電気工学を学んだ。水量が十一リットル、落差が一七メートル、理論発電電力は9.8×11×17キロワット、約一八〇〇ワット、けっこう大きな値だ。

「三四〇ワットだった」

「少ないですね、総合効率二〇パーセントですか」

「残念ながら、期待外れの結果だった」

「でも先輩、すごいじゃないですか。ただの水の流れを電気エネルギーに変換できるなんて、すごいですね」

市販の電動ポンプを水車にして発電する、そのアイデアと行動力に敬服した。三四〇ワットは少ないと言ったが、一般家庭が一日に使う電力量に相当する。一日二十四時間廻せば八キロワットアワーになるからだ。

「先月この山小屋の使用電力量は五八キロワットアワーだったから、一ヵ月廻せば四ヵ月分ぐらいにはなるかな」

「太陽光発電と違って、夜も雨の日も二十四時間連続発電可能ですから、小電力でも馬鹿にならない量になりますね」

「三代目の水車を廻してみせるよ」

平塚が山小屋の裏側に向かった。岩崎は後を追った。

導水管のバルブが小屋の裏側にあった。

「岩崎君、これが三代目の水車だ。ペルトンタイプ、廻してみるよ」

平塚がバルブを開いた。水車が廻り出し、負荷装置の電球が点灯した。水しぶきが上がった。噴射する水音がした。

「ずいぶん進歩しましたね、電球が明るく点灯、熱いですね」

「岩崎君、三代目でやっと五〇〇ワット。ノズルの向きや噴射水量の最適値など、微調整すれば六〇〇ワット以上出せそうだ」

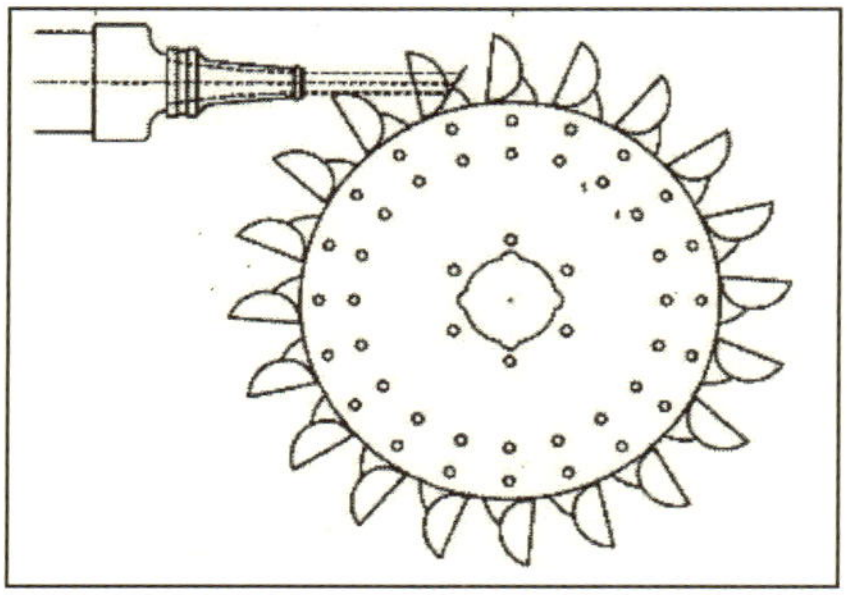

ペルトン水車
バケットとノズル位置

「六〇〇ワットですか、立派ですよ先輩」

岩崎は感動した。自分とは一回り以上歳の差がある先輩の行動力と情熱に、渓流を電気に替えたその実行力に敬服した。原発にはとてもじゃないが太刀打ちできない小規模水力発電だが、塵も積もれば山となるに違いない。そうなればいいと思った。

「君も知っているペルトン水車だ」

平塚が一枚の図を見せた。

「水車ランナーの直径二十六センチ、バケットの数二十個、ノズル径十七ミリ、噴射ノズルは二本、バケットに噴射すると水のジェット水流ができ、その逆噴射でトルクが得られる。ここの落差は十七メートルと少ないからペルトン水車には不適合だが、格安だったから購入した」

「金額は」

「バケット一つが六千円だった。二十個で十二万円」

「けっこうしますね」

「鋳物製だから金型が要るようでね、それでも格安の金型を造ったと聞いている」

「大量に造れば安くなりますが、単品ですから」

「地元で太陽光発電やっている人が来て、小型の水車を見てこりゃあ儲からんわと言って帰られたが、発電実績を見せたら、なるほどと評価してくれた」

「太陽光発電、ここへ来る間に幾つも見ましたね」

「メガソーラーは儲かるとわかって建設ラッシュだよ。山の斜面の木を伐採して造ったところもある。その下に渓流が流れているから、木を伐らなくても水の流れを利用すれば……、もったいない」

「マイクロ水力発電は儲かるようになりますか」

「効率の良い水車が安くできれば可能性はあると思う」

「一キロワット発電、百万円ですか」

「水力の一キロは太陽光の十キロに相当する。百万円で構築できたら皆さん始められる。儲かるとわかれば普及する。里山に幾つもマイクロ水力発電所ができれば、原子力発電所なしでもまかなえると思ってね」

平塚はこうやれば儲かるよと青写真を示したかった。この白川町で成功すれば全国に普及する可能性がある。日本は山国、しかも世界で三番目に降雨量の多い国、幾らでも敷設できるところがあると思えた。水量豊富な渓流、そのまま遊ばせておくのはもったいない。ちょっと手をかければ小型の発電所になるのだ。

「お茶でも飲もうか」

平塚先輩がやっと言った。水車をすべて見せ、安堵の表情をしていた。

「お一人でよくまあここまでやられましたね。感激しました」

岩崎は素直な気持ちで言った。３・11の惨事に、大先輩が取った行動に共鳴した。じっとしておれなかったのだろう。

「ところで岩崎君、地球に降り注いでいる太陽のエネルギー、核融合で自発したエネルギー、どれぐらい送られて来るかわかるかね」

お茶を飲みながら平塚が言った。相変わらずの物理屋だ。

「遠いところにありますね、太陽は」

「そう、一億五千万キロメートル、遠いね。あの遠い太陽から地球に送られてくるのは、太陽自ら生み出したエネルギーの二十二億分の一だそうだ」

「そんなに小さいですか、暑くて温暖化だと騒いでいますが」

「岩崎君、今君が使っているガソリン、天然ガス、灯油など再生不可能なエネルギーはもともと太陽のエネルギーから作られた物だ。ここに流れている水流だって太陽の力だ」

「良くわかります」

「あんなに遠くにある太陽から地球に降り注ぐ電磁波エネルギーは毎秒1.73×10^6ギガワット、地球上で消費されるエネルギーの数万倍だそうだ。二十二億分の一だそうだが、使い切れない大量のエネルギーだよ」

「さすが先輩、よく勉強されていますね」

「再生不可能なエネルギーではなく、再生可能なエネルギー、今自分がやっているような水力発電とか、風力とか、太陽光発電とかを活用すれば二酸化炭素も排出せず、地球温暖化も阻止できて、今君が見ている清らかな里山風景が子や孫の世代へ引き継げる、そう思わないか」

大先輩の言葉には説得力があった。自ら水車を廻し、再生可能エネルギー獲得に挑戦されているからだ。

「君のところのような大手には無理だが、中小企業に政府が補助金を出し、利用されていない河川や風の強いところに、水車や風車を設置してまかなえば、原発無しでもやっていけそうに思うがね。なにしろ純国産、海外から高い石油を買わなくてもいいのだから全てのエネルギーを自国でまかなえる。そういう時代がきっと来る。岩崎君も力を貸さんかね」

平塚は胸を張って言った。ご高説ごもっとも、同感である。

「再生可能エネルギーで水を電気分解して水素を作れば、燃料電池の燃料になる。有り余る太陽のエネルギーを有効活用すれば温暖化防止になる、君の持論が実現できるはずだ」

「良くわかりました。努力します」

岩崎は深々と頭を下げた。よき先輩に恵まれて嬉しかった。だが、もしそうなったら我が社は消滅だ。賛同していいのだろうかと不安がよぎった。

第六章　燃料電池車に乗る

二〇一五年十二月のある日、岩崎は全国に百台しかない珍しい自動車の運転席に座っていた。二年前東京モーターショーで華々しく披露されたあの車である。予定通り昨年十二月、発売になった。水素で走るクルマである。青色の外観もモーターショーで見たものと同じだ。エンジンのない自動車の登場である。

燃料電池車の運転席、エンジン回転計がない
（撮影著者）

普段乗り慣れているドイツ車と異なり、スピードメーターと並んでいるはずのエンジンの回転計が見当たらない。運転席から見えるボードには妙な形をした計器がある。右側からスピードメーター、デジタル表示の文字が０キロメートルと表示、その上に小さく燃料計があり、外気温度計、その下に走行距離計などがある。見慣れたエンジン回転計がないのが寂しい。

ブレーキを踏んで始動スイッチを押すと、計器類がいっせいに点灯して明るくなった。シフトレバーをDの位置に入れ、ブレーキペタルを離すと静かに走り出した。電池のパワーで走り出したようだ。ハイブリッド車と変わらない感触だ。静かで滑るような走行、スピードメーターが走行速度を表示するだけで他のメータ類は制止したまま動かない。静かな走りである。東海自動車が満を持して発売した燃料電池車、運転するのが初めての岩崎は興奮気味だった。エンジンのない車に初めて乗った。

「特別変わった感覚はありませんね」

隣に座っている前原に声をかけた。前原はメッキ会社〝熱田メッキ〟の社長である。

「ハイブリッド車と同じですよ」

前原が返答した。

「それにしてもたいしたものですね社長。特別な車をいち早く手に入れられるとは。感心しました」

「東海自動車の元会長さんと昔から懇意にしていましてね、知り合いに運転させて色々情報を集めたいらしいんですよ。たぶんそうだと察して、気になる箇所を書き出して何通も送っています」

「さすがですね社長。そう言えば書状はお得意でしたね。よくハガキをいただきました」

「メールの時代ですがメールが苦手でしてね、手書きの書状ですわ」

「どんなところにクレームつけましたか。いや、クレームじゃなくてご意見ですね」

「水素ステーションが近状にないこと、最初からわかっていましたがね。珍しさもあって毎日乗っていますから、燃料補給、ガス入れがたいへんです。三六〇キロぐらいで空になるみたい。もう少し走れんとね」

「七〇〇キロは走れると聞きましたが、半分ですか」

「水素ステーションの圧力が五〇メガパスカル（MPa）ぐらいと低いようで、ボンベが満タンにならないようです。インフラが完備されないとね。ガソリンスタンドでしたら会社から五百メートル四方に三ヵ所ありますが、水素ステーションはかなり遠方です」

岩崎が運転する燃料電池車は堀川沿いを南に向かって走っていた。二〇一五年も残り少なくなったせいか、運河沿いを走る車の列も気ぜわしそうに見えた。珍しい車と並んで走っていても誰も振り向かなかった。エンジンのない車だとは誰も気づかないようだ。

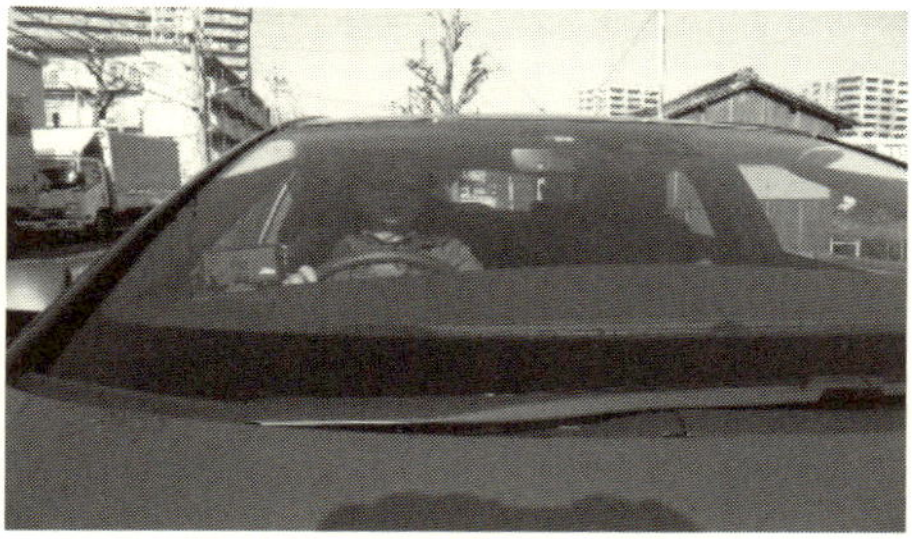

燃料電池車を運転、気分は爽快
（撮影著者）

「社長、ありがとうございました。参考になりました」

「もういいですか、高速道路走ってみませんか」

「エンジンのない車を早く運転してみたいと思っていましたので、感じがつかめました。今日のところはこれで十分です」

岩崎は社長に頭を下げた。発売から一年も過ぎてやっと実現したエンジンのない車のドライブである。価格が七五〇万円と庶民には手が届かないが、乗った感じは爽やかだった。まだ手造りの少量生産であるから購入するのに二年待ちとか。二酸化炭素を排出しない自動車、少量とはいえ理想の車の誕生である。

「お茶でもどうですか」

川原社長が丁重に言った。取引先の専務に敬意を表する表情だった。二人は並んで事務室に向かった。

「娘の加奈子です」

聡明な感じの美しい女性がコーヒーを運んできた。

「社長の秘書を務めております、加奈子です」

そう言って名刺を差し出した。

「中小企業は家族共々働かんとやっていけませんわ。娘はパソコンが得意なので助かっています」

社長は照れくさそうに笑顔で言った。娘と一緒に働けて嬉しそうだった。

「エンジンのない車に初めて乗りましたが、快適でした」

岩崎は二人に向かって改めて乗車の感想を述べた。

「良く出来た車だと思いますよ、社員も乗せていますがトラブルはゼロ。難点は燃料補給だけですね。水素ステーションが近くにあれば完璧な車です」

「東海自動車の自信作ですから。ですが社長、我が社にとってはえらいことですわ」

「いやいや、我が社も同類」

応接室に笑い声が響いた。まだまだ時間がかかりそうだと暗黙の了解があるから、安閑としていられる。

「あのう、ちょっとお聞きしてよろしいですか」

明麗な社長秘書の加奈子が岩崎に向かって語りかけた。取引先の専務に表敬の感情が見えた。

「何でしょうか」

岩崎は嬉しそうに言った。若くて美しい女性から声をかけられることは滅多にない。

「水素ステーションへ行って水素を給油、あれ、違いますね、水素ガスですから、充填しますが、水素で走れる理由を教えていただきたいと思いまして」

加奈子が遠慮しがちに言った。

「水素ステーションで燃料の水素を、偉いですね」

名古屋弁で偉いとは立派とか、しんどいとか、賢いとか、よくできました、などの意味、エライコッチャ、とは違う意味で使われる。

「セルフでなく専門のスタッフが給油してくれますから」

水素が危険だという意識は微塵も感じられない言い方だった。社長令嬢にとってはガソリンスタンドと同じ感覚のようだ。

「水素は爆発する危険なガスだと思いませんか」

令嬢はそうでもないそぶりで笑顔になった。

岩崎は持ち慣れている黒い皮のカバンからファイルを取り出し、その中の一枚を二人の前に広げた。

「どこにでもある燃料電池発電原理の説明図です。水素ステーションにも同じような物が貼ってあったと思いますが」

「そういえば、見たような気もします」

社長が言った。見て知っているようだ。

「水素はガソリンなどの燃料から改質器等で作られますが、東海自動車さんの場合は圧縮ボンベに充塡された水素、水素ステーションで充塡される精製された純粋な水素が燃料です。この燃料の水素、ここですね、上側の燃料極に運ばれます」

岩崎は広げた資料を指さして言った。

「燃料電池も三層構造で、電池と同じ配列ですね」

社長が言った。

「そうです、水素が入る燃料極、電解質、酸素が入る酸素極の三層構造です」

「燃料極に入った水素ガスが、水素イオンと電子に分離する」

「社長、よくご存じですね、失礼しました」

メッキ業の社長さんだ、よくわかっている。

「よくご存じの方に僭越ですが、燃料電池はバッテリーなどと大きな違いがありますので、説明させていただきます」

質問は令嬢からだったが、実績のある社長さんが同席されているので丁重な言いかたをした。

「社長さんが言われたように燃料電池も三層構造です。この図のように水素などの流入する燃料極、中間の電解質、空気を取り込む酸素極、電池は全てこの三層構造です」

「良くわかっています」

社長が笑顔で言った。娘に自慢しているような響きがあった。

「燃料の水素ガスが燃料極に送り込まれ、燃料極で水素イオンと電子に分離します。ここが一番重要なところですので、後ほど説明します」

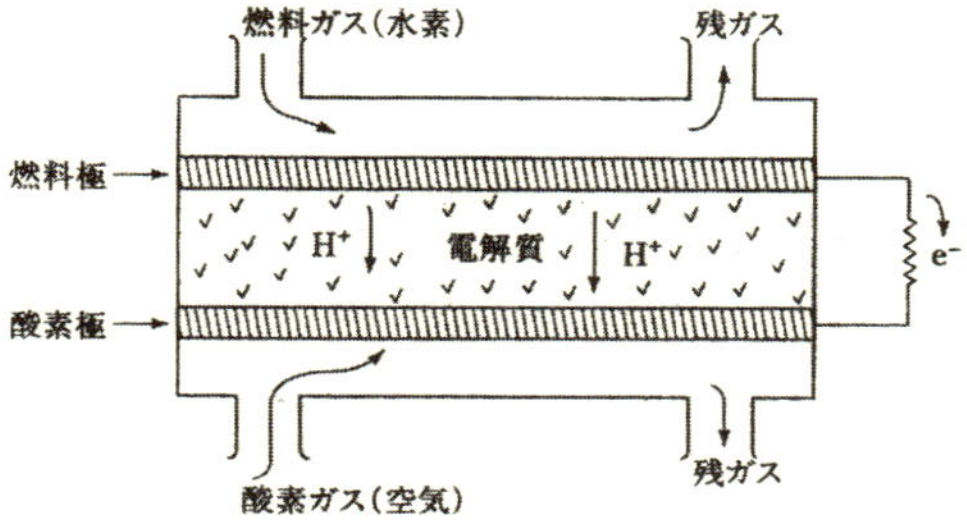

燃料極での反応：　$H_2 \Rightarrow 2H^+ + 2e-$

酸素極での反応：　$2H^+ + \frac{1}{2}O_2 + 2e- \Rightarrow H_2O$

燃料電池の発電原理

「水素が持っている一個の電子が分離ですか」

社長が首を捻って難しい顔をした。

「分離した電子は電気回路を移動、水素イオンは電解質を移動して酸素極に入り、電気回路を移動してきた電子と酸素が結合、水を生成します。電気回路を移動してきた電子と酸素原子、水素イオンの三者が合体します」

「ということは、電子を分離して、電気回路を移動させる装置が燃料電池ですか」

「社長、その通りです。水素が持っている電子をうまく奪い取って、電子のみ電気回路を移動させる。電気回路と言いましたが単なる電線です。電子の移動は電流ですので、この電流で電気モーターも回す、発電ですね。燃料と空気があれば連続して発電可能、燃料電池は燃料発電器です」

「発電機ではなく発電器ですか、大した発明ですね」

社長が大きく頷いた。

「燃料極と酸素極の反応は図の下に書いてあります」

令嬢が興味ありそうに覗き込んだ。

「この反応ですが、燃料極に送り込まれた水素ガスは$2H^{+}$のプラスイオンと$2e^{-}$のマイナス電子の分離、プラスの水素イオンは電解質を通り、電子は外部回路の電線を通って酸素極に向かい、酸素極で合体して水を生成します」

令嬢が覗き込んだので岩崎が反応式を説明した。

「発電のメカニズムは良くわかりましたが、水素イオン誕生ですなあ、ここに白金が使われていますね」

「社長、よくご存じで、そうなのです。白金の触媒作用を利用しています。こちらの図をご覧ください」

岩崎が鞄から別の資料を取り出した。

「僕も正直なところ良くわかっていませんが、いろんな解説書があります。これもその一つです。細かな穴がいっぱいある電極、その細かな穴を拡大した図です。電極に白金微粒子がまぶしてあります。電極と電解質と白金、この三境界面で水素ガスが水素原子になり、さらに水素原子の電子が分離し、電子と水素イオンに、触媒作用でこうした劇的な現象が起こるそうです。酸素極で

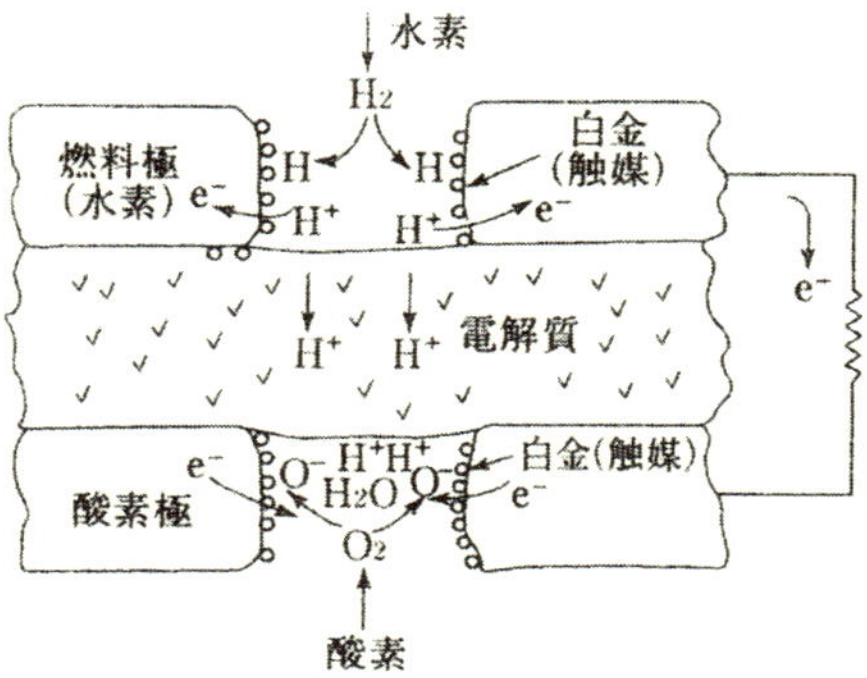

水素イオン生成のモデル

も同様な分離現象が起こります」

「不思議な現象ですね、濃度の高い気体や液体は薄くなろうと力が働く」

「社長、そうなんだと思います。壁の向こうに酸素がいれば水素はこの壁を乗り越えて酸素と合体したいが壁があってそれができない、しからば電子を振り払ってイオンとなり壁を潜り抜けたい、そういう自然の力が働くのではないでしょうか、壁が電解質ならイオンに変身すれば抜けられます。その自然の力を支援するのが白金だと、僕はそう理解しています」

「岩崎専務の解説は素晴らしい」

社長が言った。令嬢も嬉しそうに笑顔を見せた。

「もう一つ別な資料を見ていただけますか、山梨大学の内田先生が自動車技術会誌に投稿された資料です。二〇一一年四月号、特集『電池と燃料電池』の特集号です」

岩崎が鞄から新しい資料を取り出して二人の前に広げた。二人は、取引先の専務にもういいとは言えないようでしかたなく資料を覗き込んだ。

「二枚目の資料の具体的な内容が書かれています。カーボンブラック内に白金微粒子が含まれています。電解質の膜の厚さ、数十マイクロメーター（μm）とか。水素ガス拡散電極、高分子電

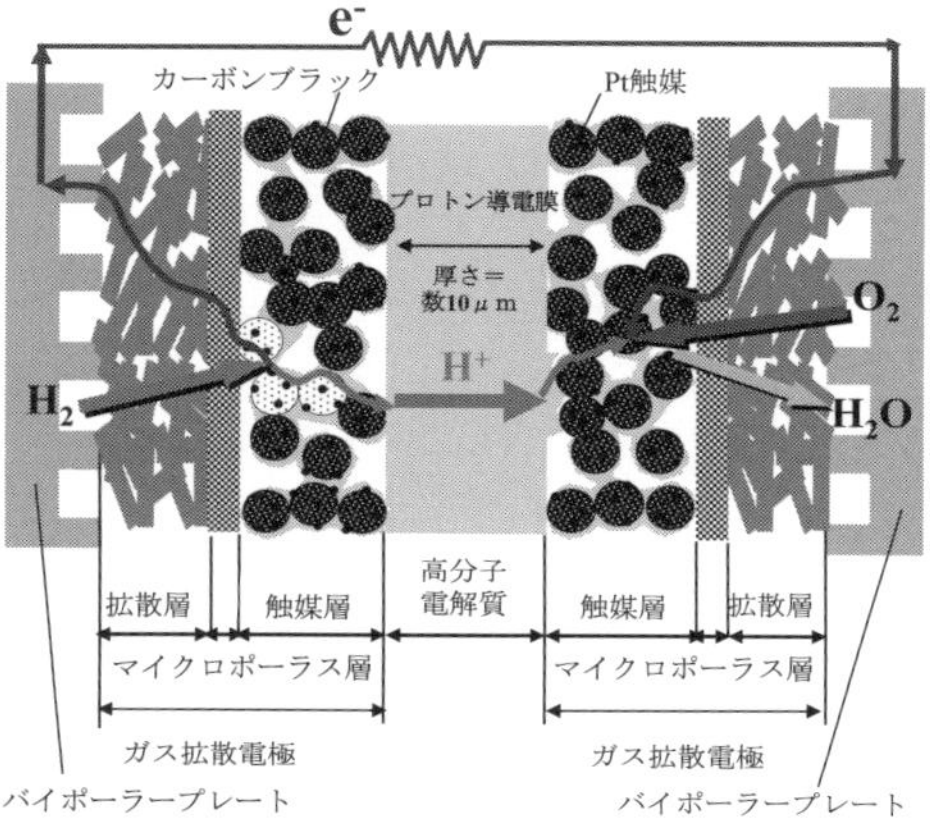

単電池及び膜電極接合体の断面構造の概略図
（電池と燃料電池『自動車技術会誌 2011, VOL. 65』）

解質、酸素ガス拡散電極の三層構造、水素ガスが水素原子となり、さらに電子と水素プラスイオンに分離、電子は別回路、水素イオンは電解質を通り抜けて酸素極へ移動すると説明しておられます」

「岩崎専務さん、良くわかりました」

社長がちらっとうんざりした表情を見せた。

「理科の授業のようで、楽しい話をありがとうございました」

加奈子さんが嬉しそうに言った。

「加奈子さん、一リットルの水素でどれぐらい発電できると思いますか」

岩崎の悪い癖が出た。お節介な質問をしてしまった。

「さあ、タンク一本で六十リットル、二本だから……」

水素ステーションで充填しておられるから、搭載容量はご存じのようだ。

「化学《ばけがく》の話になりますが、物質の単位でモル、6.02×10^{23}、6の後にゼロが二十三個もつく巨大な数、この量が一モル。一モルの水素は約二十二リットル、水素分子は二個の電子を持つから、二十二リットルの水素から二モル、電子の持つ電気量は1.6×10のマイナス19クーロンですから、計算すると一リットルの水素から8.6×10^3クーロン、つまり一アンペアの電流なら八六〇〇秒、およそ二時間半発電できる勘定です」

電子一個を持つ一番軽い水素を一リットル集めれば、膨大な数の電子を有し、それを取り出して有効利用できる燃料電池の素晴らしさを知ってほしいと思った。

「新たな文明開化と言いますか、新産業革命ですか」

社長が声を落として言った。産業革命とはいえ不安材料と認識されておられるようだ。

「物を燃やしてエネルギーを取り出す。蒸気機関を発明して発展した産業革命以降初めて、物を燃やさなくてもエネルギーを取り出せる文明開化が来るのですね」

岩崎は明るい声で言った。

「私どもはその最前線にいるということですか」

社長も明るい声で言った。

エンジン部品製造で成り立っている岩崎の会社である。経営者の一廓にある専務取締役、燃料電池車の出現は新たな産業革命の始まりであり、我が社にとって廃業の危機、倒産さえもが頭をよぎる。倒産の危機ということは、岩崎の会社の下請け会社である熱田メッキ工業も仕事を失う。親亀こければ子亀もこける、笑っていられない事態だ。

「熱田メッキさんはメッキ技術がありますから心配御無用ですね。幾らでも転用が利きますから、いいですよ」

「いやいや、そう安閑としておれません。新たにお客さんを探すのは大変、東海セラミックさんあっての熱田メッキですから」

「エンジンがない車が主流になっても、メッキ部材は沢山ありますから」

「繊維にメッキ、通信用の軽い電線を作ろうと、独自技術で新商品を生み出そうと色々やっています。次世代の商品開発ですわ」

「繊維にメッキですか、いいですね。熱田メッキさんの優れた技術を期待しております。弊社も新商品頑張らんと。本日は本当にありがとうございました。」

岩崎は椅子から立ち上がり深々と頭を下げた。訪問して良かったと思った。


岩崎の会社はエンジン部品を主に製造販売している。だから燃料電池車のようなこれまでと異なるパワーソース搭載車はご遠慮願いたい。もしこの車が主流になったら我々は飯の食いあげである。売り出された燃料電池車の実力がどれほどなのか、ぜひとも確かめておかなければならないと思っていた。技術担当役員としてハンドルを握り、アクセルをふかし、乗車体験は責務だと思った。やっと時間を作ることができ、燃料電池車に乗れてよかったと感謝した。

ハイブリット車と変わらない運転感覚だったことと、七五〇万円という価格からすれば市場への浸透に時間がかかると思えた。地球温暖化阻止に威力を発揮する車だと理解しても、庶民には手が届かない価格である。しかし安心材料ではない。政府も高額の補助をつけているし、どこかの会社が画期的な技術を開発して廉価となり、エンジン製造費と同額で世に問うようになったらどうなるのか。答えは明らかである。

この間、岩崎の会社も大きな変化があった。青山社長六十九歳と水野副社長六十七歳の二人が退任した。代表権を持たない役員の定年は六十歳だったから、六十歳を超えた常務三人が退職、新たに四人の新役員が誕生した。残った三専務の営業本部長渡辺が社長に昇格し、専務取締役生産本部長の岩根が副社長になった。岩崎より一歳先輩の専務取締役中村政治は留任、営業本部長になった。

岩崎正彦五十九歳は、専務取締役に昇進、技術本部長に就任した。技術本部長の職務は研究所を含めた全技術部門の総括、技術のトップである。中村専務が営業全般、常務から専務に昇進した森川進一が製造本部長、技術全般を岩崎が担当すると体制が決まった。新たに就任した新人四人の中に武村誠、取締役研究所所長、岩崎の後任になった。

東海セラミック工業株式会社代表取締役社長　渡辺譲、代表取締役副社長　岩根次郎、専務取締役営業本部長　中村政治、専務取締役製造本部長　森川進一、専務取締役技術本部長　岩崎正彦、常務取締本社総括　伊藤和弘、役員合計十六名の体制である。二〇一五年六月二十九日開催の株主総会で議決承認された。

「副社長がお呼びです」

会社へ帰ると秘書が待っていた。岩崎たち平取締役員を含めた役員は全員大部屋に席があった。その大部屋の隣が副社長室である。東海セラミック工業株式会社は代表権のある社長と副社長専務が個室に入っていた。専務以下十四名は大部屋である。

「岩崎です。入ります」

岩崎は副社長室のドアを拳で叩きながらすぐに扉を開いて入室した。

「可児市の工業団地に建設する焼成工場の用地購入について君の意見を聞いておこうと思って」

新たに昇進した副社長の岩根が椅子から立ち上がりながら言った。

「まあ、座ってくれ」

立ち話で済むような内容ではないと岩崎も承知していた。二人は向かい合って座った。

「可児市の市長さんから電話があって、年内に決済してほしいと言う。来年早々工場建設着工、暮れに完成、即稼働、という短期決戦でことを運びたいと僕は思っているがどうだろう」

岩根は生産本部長時代から取り組んでいたから、このことについて精通していた。すでに投資委員会でも決議された公の決定事項なので今更議論することではないはずだが、呼びつけて何を確かめたいのか、岩崎は怪訝な顔をした。

「投資委員会で了承済みですし、了解しております」

「そうだね、予定通りでいいね。技術本部長は反対していると小耳に挟んだので気になってね」

副社長は笑顔になった。そう言えば明日、極秘で可児市の市長とゴルフが予定されていた。市の工業団地に名のある会社を誘致する業務は市長の優先課題だと言われている。

「先ほどまで熱田メッキ社長の好意で東海自動車のキボウを運転させてもらいました」

「東海自動車のキボウって昨年暮れに発売された燃料電池車ですか」

「そうです。燃料電池車の技術の粋を集めて開発された歴史に残る車、良くできている自動車だと思いました」

岩崎は素直に感想を語った。副社長に報告する必要はないが、何故か話したくなった。

「時期早々と違いますか。燃料の水素を入れる水素ステーションが整備されていませんから、遠出もままならないと聞いていますよ」

「確かにその一面はありますが、二酸化炭素を排出しませんし、窒素酸化物などの有害排気ガスも出しません。究極のエコカーで素晴らしい車でした」

「世界一厳しい排気ガス規制をクリアした日本車は環境に優しい車だと聞いていますが」

岩根副社長は渋い面構えで言った。

「排気ガスが浄化されて綺麗になりましたが、完ぺきではなく有害物質が残っています。その証拠に、排気ガスを車内に取り込んで自殺、サスペンス劇場のあれですよ、有害物質がある証拠です」

「わかりました、わかりました。でも、まだまだ先のことでしょう」

岩根は右手を振って岩崎の発言を制した。

「副社長も技術屋さん、どうですか、一度運転されたら」

岩崎はいつものように軽い口調で言った。

「そんな気分になれませんよ、我が社の経営を根本から破壊する危険な車ですよ、君は気楽だね。とても企業人とは思えない、専務に昇格できたのも青山社長のおかげですよ」

岩根副社長は本業一筋の経営者だ。

「しかし昨今の異常気象、どう思われますか。副社長もご存じでしょうが、昨年広島営業所の社員が被害に遭いました。広島市の豪雨です。日本だけでなく世界的に異常気象は大問題です。厳しい法律が誕生して、レシプロエンジン車が走れない時代が来そうな気がして危機感を抱いています。我が社のようにレシプロエンジンの部品を製造している会社は倒産の危機に直面しているのです。レシプロエンジンの部品も不要になります。ですから増産工場建設に賛成しかねていました」

「君、おかしくないか」

「備えあれば憂いなしといいますでしょう。この時期、設備増強は控え、次世代の商品開発に回すべきです」

「何を馬鹿な、君が我が社の専務取締役だとは心外だ。しかも技術のトップ、そういう君の態度が漏れ聞こえてきたから、これはいかんと思って来てもらった、態度を改めたまえ」

「専務まで昇格させていただき会社に忠誠を誓っていますが、技術のトップとして、低炭素社会、二酸化炭素を排出しない社会、必ず来ると確信していますので」

「そんな時代が来たら我が社は倒産、八十年続いた会社だぞ、即刻思い違いを正したまえ。まだまだ先だ」

岩根が顔色を変えて席を立った。岩崎は言い過ぎたと思った。そんな時代が来たら会社はどうなるのか、副社長に投げた大きな石が自分に向かって飛んでくる恐怖を感じた。こよなく愛している会社がそんな事態になっては救われない。来なければいいと願う気持ちは岩崎にもあった。

「青山社長がいなかったら君の人事は部長止まり、専務になれたのは先代社長の推挙があったからだ、少しは自覚したまえ」

岩根副社長が大声を出した。


「昨日、東海自動車の燃料電池車キボウに乗ってきたよ」

次の日、岩崎は研究所に立ち寄った。研究所の所長に昇格した武村に燃料電池車運転の感想を伝えておきたかった。武村は、以前自分が座っていた研究所の所長席に座っていた。

「どんな感触でしたか」

武村が目を輝かせて言った。二年前のモーターショーで会った若い技術者と同じ表情をした。

「いい車だと思ったよ」

「自分も運転したいです。走りはどうでした」

「電気自動車だね、ハイブリッド車と同じ感触だった」

「水しか排出しない環境に優しい自動車だそうですね、自動車技術会等で何度も講演を聞きました。我が社にとっては存亡の危機ですから」

武村も燃料電池車のことは熟知し、気にしていた。

「排気管から出る臭いを嗅いでみたが、全く臭いはなかった。水がぽとぽとと少量出ていたな」

「温暖化効果ガスの二酸化炭素も排出しない、技術者の憧れの車ですからね」

「まあそうだな、憧れの車かどうかはポルシェのような車とは違うから一概に言えないけれど、運転した感じはハイブリッド車、七五〇万円も出して買いたいかどうかだ」

「専務なら七五〇万円でも買えますが、自分たちにはとても手が出せません」

「二酸化炭素を排出せず、排気ガスも出さず環境に良い車だと言っても、一般の人たちが欲しいかどうか。今自分が乗っているドイツ車はターボエンジン車だが、加速の時のエンジンの音、あれはいい。エンジン音が聞こえない自動車は自動車って感じがしないね。だから自分は欲しいとは思わない」

昨日副社長にはああ言ったが、自分が乗りたいかどうかは別だ。何とも言えないエンジンの響き、ドドットとも言うべきか、あの音の響きがドライブの喜びの一つだと岩崎は肌で感じていた。レシプロエンジンの良さだし、エンジンの無い自動車を買う気にはなれない。それが岩崎の本音だった。

「レシプロエンジンと価格競争、できそうになりますか」

武村が言った。燃料電池車が普及したら職を失うと武村も危惧していた。

「どうだろう、今は年間千台ぐらい、量産レベルでないから相当高価だが、量産になれば遜色ないレベルになるかもしれん。貴金属を沢山使っているようだし、まだ先が読めないね」

「東海自動車さん以外にも、今年の東京モーターショーでは栃木自動車さんも市販に踏み切ったとモーターショーで展示していました。再生可能エネルギーで水素を生産、二酸化炭素を全く出さないと大々的にアピールしていました」

「水素ステーションの建屋の屋根に取り付けた太陽光発電システムだろう。僕も見たが建屋の屋根の面積が小さすぎないかね、まだそんな心配は無用か」

「太陽光発電パネルを屋根に装着した水素ステーション、自動車技術会誌にも掲載されました。講演会でも聞きました。コンセプトですから」

「そうだな、再生可能エネルギーで生産した電気を使えば理想的だ」

岩崎も素晴らしいアイデアだと思った。モーターショーの会場でも人目を引いていた。新しいビジネスが始まる予感もした。

「太陽光発電を用いた水素ステーション、増築されるかね」

岩崎の心配はつきない。そう言えば大先輩も水力発電で水素を作る再生可能エネルギーの時代が来ると頑張っておられた。さすが先輩だ、先見の明ありだ。

「まだまだ先でしょうが、意外に近い将来来るかもしれないですね」

岩崎自身も栃木自動車が展示した水素ステーションに興味を持った。街のあちこちに立ち並ぶ水素ステーションを想像した。もしこれが実現したら我が社はどうなるか、本業消失の危機である。どこかの会社の社長がインタービューで答えていたテレビの会談を思い出した。今はまだ白金のような貴金属を沢山使っているから価格が安くならないだろう。しかしどこかの会

東京モーターショーで展示された水素ステーション
（2015 年東京モーターショー、著者撮影）

社が少量使用とか、貴金属を使わないイノベーションを達成したら爆発的な普及になるかもしれない。先はまだ読めないが、いずれそういう時代が来ることは間違いない。

「新商品開発、それが技術担当の君の仕事だと言われているからね、何とかせんと危ない」

「弊社のセラミック型燃料電池で活路を開きましょう。自分はそれしか回避の手法はないと確信しています」

「セラミック燃料電池か、セラミック屋はどこもやっているからな、競争が激しいし、我が社が勝てるかね」

「二年ほど前専務にも言いましたが、温暖化をいつかは止めなければならない。全世界で二酸化炭素をほとんど出さない社会をつくり出さなければならない。このことは明らかです。そういう意味でキボウが世に出た意義は大きいと思います。人類の文明開花です」

「相変わらず君のビジョンは崇高だね。感心するが、自社製品を愛している自分には悲しい現実だ」

「専務、我々が今その最前線にいると思いませんか。温暖化を止めたら歴史に名を残します。産業革命と同じですよ、これを止めなければ人類の未来はない。地球存亡の危機ですよ」

「おいおい、武村君」

「燃料電池ですよ、全てのカギは燃料電池。廉価な燃料電池が全てを解決します」

「わかったよ、我が社に勝算あるかね、頑張らなきゃなあ」

第七章　生産会議

毎月第二月曜日、全社生産会議が開催される。いつ頃から始まったのか岩崎も知らないが、入社した頃には開催されていた。製造業であるから創業者が生産を重視する意図で開いていたようで、社長、副社長、製造本部長、販売本部長など筆頭役員全員が一堂に会する総勢三十名の大会議である。会議の進行役は専務取締役森川製造本部長である。

東海セラミック工業は一昨年操業八十年を迎えた老舗である。自動車部品や半導体製品、工業用セラミック製品などの生産と販売を行っているセラミックを中心とする製造会社である。名古屋の中心地から東へ三十キロほど離れた瀬戸市は昔から良質な粘土が採れ、これを原料として陶器製造を始めたと八十周年史にも書かれている。戦前、絶縁碍子製造の技術を生かし、戦闘機用星形エンジンの点火栓製造に着手する。軍から依頼されて始めた点火栓の製造である。瀬戸物屋の大躍進だったが、終戦と共に戦闘機の生産は中止、航空機用点火栓の生産も終了した。退職した昔々の先輩たちから聞いた話では、この時期、仕事がなくて倒産寸前、給料も遅配で苦しかったそうだ。

終戦と共に自動車産業は製造禁止となり、走っていたのはほとんどが外国車だった。これら外車に取り付けられていた点火栓は米国のチャンピオン社製が多く、米国のオートライト社製やドイツのボッシュ社製もあった。外国の点火栓製造会社は点火栓と呼ばず、スパークプラグと呼称していたので、社内の呼称も点火プラグと呼ぶようになった。

点火プラグはバッテリーなどと同じように補修部品の市場がある。自動車の修理工場などで新しい点火プラグに交換される。輸入される点火プラグは高価であったから、廉価な国産の点火プラグが外車の補修に用いられるようになった。おかげで、細々ながら倒産を免れる幸運を拾った。

戦後の復興が始まった。荷馬車や自転車、リヤカーはオートバイ、三輪トラック、四輪トラックへと変貌を遂げる。そして乗用車へと、昭和四十年代の初頭、モータリゼーションが始まる。自動車の大量生産、大量販売である。人や家畜が耕していた畑はエンジン付きの耕運機となり、足踏み輪転機は発動機式に、エンジン全盛時代が到来した。ちょっと前の中国のようなモータリゼーションの勃発である。

東海セラミック工業株式会社はその波に乗ることができた。エンジンの必需品である点火プラグのマーケットは拡大し、嬉しい時代が到来した。しかし、自動車業界は苦難の時代となった。大手十二社もの自動車メーカーが凌ぎを削る技術競争が始まったからだ。生き残りをかけた技術競争は熾烈で、機関設計部長の過労死が後を絶たず、文字通りの死闘が繰り返された。〝技術の○○〟と自社技術を誇る宣伝広告も目についた。

エンジン部品屋もこの技術競争に巻き込まれ、高性能で廉価な点火プラグの要求が各社から舞い込んだ。この潮流は昭和四十年代、五十年代、六十年代、平成の時代になっても続いた。気が付くと、世界で一番優れた点火プラグが作れるようになった。東海セラミック工業株式会社がそうなったように、日本の自動車部品メーカーの多くが世界トップの製品を製造するまでに成長した。そして、長年君臨し続けた米国のＧＭ車を日本の自動車メーカーが追い抜いて世界一になった。この事実がこれを証明している。東海セラミック工業株式会社の点火プラグ生産数は一九九五年、世界一となったのだ。

「おはようございます。早朝からお集まりいただきありがとうございます。定例の全社生産会議を始めます。本日の議題は可児市に建設した可児セラミックの現状報告と、点火プラグの世界戦略について議論いただきます。ご案内しておりますように、本日は点火プラグに絞って活発な討議をお願いいたします」

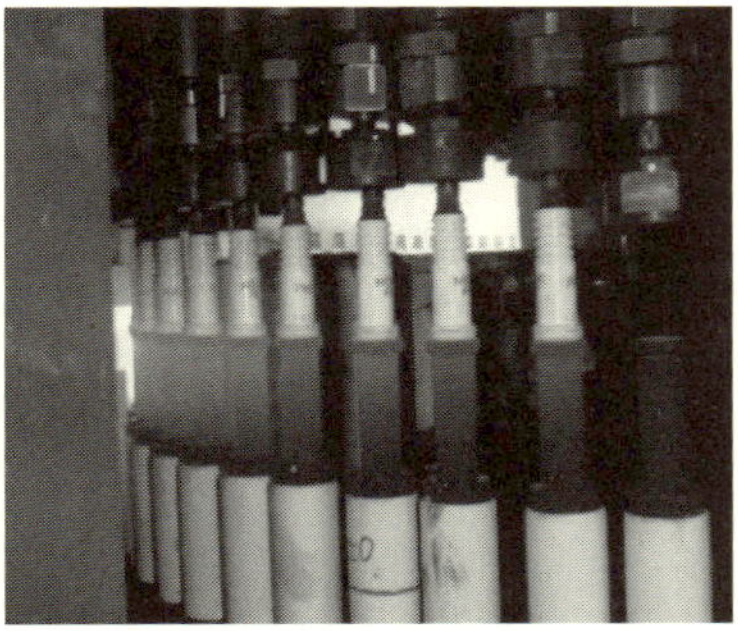

新設した点火プラグのＧＳ焼成工程
（著者撮影）

会議の議長は、恒例で製造本部長と決まっていた。森川専務が座ったまま開会を宣言した。

「それでは最初に社長からご挨拶をいただきます」

「昨年我が社創立八十周年を迎え全社挙げての盛大な祝宴を開催出来まして、誠に同慶の至りであります。これも偏《ひとえ》に諸先輩皆様の御尽力が継続して行われてきたからで、ありがたく感謝しております。戦前に始められた点火栓の事業が八十年の長きにわたって我が社を支え、発展させてきました。点火プラグと商品名が変わり、社名も陶業からセラミックと改名され、継続して我が社を支えてきました。今なお大黒柱商品の点火プラグをより多くのお客様にご愛顧いただけますよう、諸君のご奮闘をよろしくお願いいたします」

短い社長の挨拶が行われた。創立八十周年、我が社を支え続けてきた点火プラグ、今も我が社の主力製品であり、儲け頭である。ここに座っている会社幹部の諸氏はおそらく全員が、このまま点火プラグという商品が継続して我が社の儲け頭であり、主力製品だと確信している、そういう雰囲気が漂っていた。

「昨年来、岐阜県可児市に建設していた工場建屋は完成し、既に生産ラインの構築が進んでおります。新しい焼成ラインを紹介します」

生産本部長の森川が起立して説明を始めた。

「こちらのスライドをご覧ください、抵抗入り点火プラグの焼成ラインです。グラスシールの封着工程ですが、九五〇度の高温工程です。絶縁体は、ご存じのように釉薬焼成を行います。この工程も高温の炉を通して加熱します。二度の加熱ですので、グラスシールと同時焼成としました。既に実施済みの技術です」

森川本部長は生産技術部長時代が長かったので、点火プラグの製造設備に精通していた。得意の分野である。製法もまだまだ進歩していると強調したかったようだ。八十年の長きにわたって同じ製品を造っているのに、製造技術にも向上がみられた。どの業種も同じだろう。常に改善、改良である。同じ商品を造り続けていても三年前とは格段に違いが出る。そう努力してきたから世界一まで上り詰めることができた。勿論お客様、自動車メーカーの支援があったからだが。

「販売本部から報告します」

専務の中村が立ち上がった。

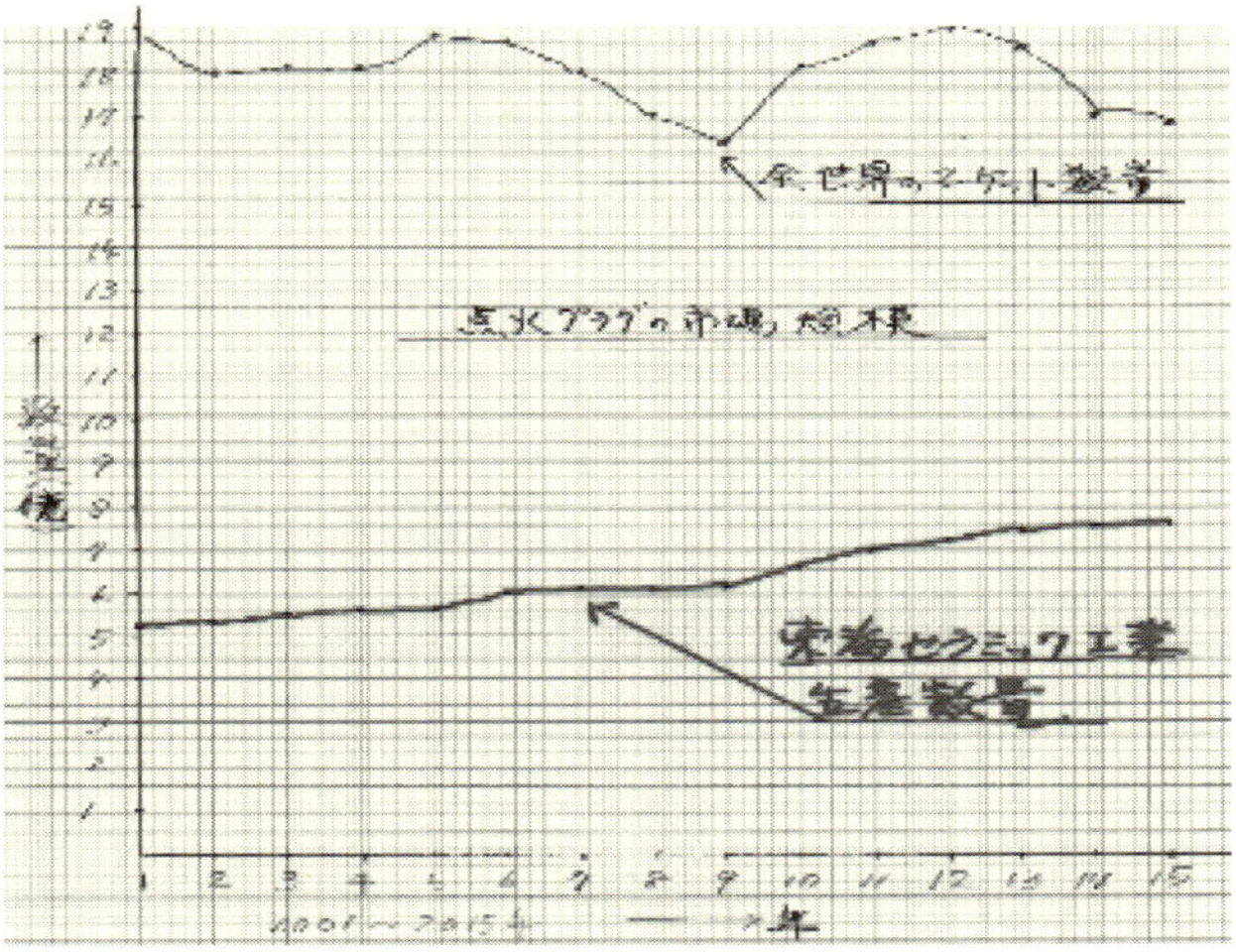

点火プラグ市場規模の推移

「手書きのデータで申し訳ありません。点火プラグの市場規模と我が社の販売数量の推移を報告します。ここには生産数量とありますが、販売数も同じですので、販売数と読んでください。ご覧の通り、右肩上がりで増販です。二〇〇〇年で五億五千万本から昨年二〇一五年で七億八千万本とほぼ順調に販売数は伸びております。

世界全体のマーケットは二十億本ありましたが減少傾向が続き、二〇〇九年、十八億まで減少しました。その後回復しましたが、それでも昨年は十八億強と縮小トレンドです。我が社はこのような環境でも売り上げを伸ばしておりまして、世界占有率は四〇パーセントを超え、ダントツの世界一をキープしております」

自信ありげにそう言って着座した。

「可児工場が近々稼働します。三直勤務など無理な生産体制はこれで解消、三〇パーセント以上の増産が可能になりました」

議長の生産本部長が発言した。

「海外での販路をさらに拡大して市場占有率五〇パーセント、九億はいけると確信、生産強化は大いに歓迎です。更なる強化をお願いいたします」

中村販売本部長は立ち上がり、議長に向かって頭を下げた。

「どなたかご意見ありますか」

議長の森川が左右を見渡して言った。

「はい、議長」

岩崎が手を上げながら立ち上がった。黙っていようかと迷ったが手を挙げてしまった。議長の森川が渋い顔をした。またおまえか、と言わんばかりの顔つきだった。

「これ以上の生産増強は慎むべきだと提案いたします」

「理由を聞こう」

森川生産本部長はわかっていたが、議長の手前、そう言った。

「五〇パーセント以上の市場占有率、控えるべきかと」

「販売に携わる我々を愚弄する気か、君は。必死に努力して売り上げを伸ばそうと頑張っている社員に、よくまあ言えるな」

深刻な大気汚染、太陽が黄色く見える
（著者撮影）

何処でも見られる車の渋滞
（著者撮影）

販売の責任者中村は怒りを露にして言った。

「こちらのスライドをご覧ください」

岩崎は落ち着いた声でスライドを写した。

「この写真はもうずいぶん前ですが、友達からもらった写真です。横断歩道の陸橋から写した写真です。片側三車線の道路に車、車、車です。ほとんどの車に我が社の点火プラグが使われている、このことは嬉しい事実です。しかしこれだけ多くの車が集まれば問題を起こします、直感でわかります」

「君の車もこの中の一台じゃあないか。こんな便利な乗り物だから誰もが欲しがる。君は自転車にでも乗り換えるつもりか」

中村が馬鹿な奴だと言わんばかりの顔をした。

「次のスライドをご覧ください。新聞に掲載された中国の大気汚染の報道記事、皆さんもよくご存じですね」

岩崎は落ち着いていた。こういう事実を話せるのは自分しかいないと思った。どこの会社でも一人や二人、変わり者がいる。幸い我が社は変わり者を受け入れる社風があった。収益性が高い点火プラグという良い商品を持っている余裕があるからだろう。言いたいことが言えた。

「右上に太陽が写っていますが、うすぼんやりと黄色く見えます。年間二千五百万台もの自動車が販売されています。文字通り米国を抜いて世界最大の自動車マーケットが誕生しました。人々はこぞって車に乗り、豊かさを満喫しております。どう思われますか、豊かさとは裏腹に深刻な環境汚染、眩しく輝く太陽がなくなった空の下で豊かだと言えるでしょうか」

「岩崎君、場違いな発言を止めたまえ」

議長の森川が右手を開いて上げ、岩崎を睨みつけた。

「誰もが知っている事柄を長々と、まったく」

中村も立ち上がり、岩崎に向かって苦言を呈した。

「もう少し話をさせてください。社長、お願いいたします」

岩崎は常に提案方を貫いた。会議では必ず発言した。

「まあ、いいだろう森川君」

社長がＯＫを出せば誰も逆らえない。岩崎はいつもこの手を使った。

「ありがとうございます。あと少しだけ聞いてください。中国の話に戻りますが、十三億人の民がこぞって車を求め、それが実現したら汚染はさらに深刻さを増し、隣国の日本にも影響が及びます。ＰＭ2.5汚染もその一つです。もう止められません。解決策はただ一つです。環境汚染しない車へ、エンジンのない車へ切り替えられれば全て解決します」

「おいおい、それは言い過ぎだぞ」

議長の森川が発言した。

「近い将来必ずそういう時代が来ると思います。人類が破滅するような事態は避ける、身の危険を冒してまで豊かさを求めない、人間はそれほど馬鹿じゃあないと、大手の自動車メーカーは既に解決車を世に出しました。その気になれば解決できる技術を確立しました。ですから、そういう時代の到来に備えなければ企業の存続が危ぶまれるのです。

エンジンがなくなればプラグも不要です。増産設備は控え、二十四時間稼働のフル操業、市場占有率より利益重視、得られた収益を次世代商品の開発にどんどんつぎ込み、企業存続を図るのが急務だと、ですからもうこれ以上の増産設備は不要、そのことを申し上げたいと思いまして。ありがとうございました」

「パチパチパチ」

社長が手を叩いて言った

「まあそういう考えもあるわな」

売り上げも伸びているし、高収益が続いているから渡辺社長も余裕がある。この流れはまだまだ続くと確信しておられるようだ。社長に昇格され、度量が一段と大きくなった。役職が人を大きくする。東海セラミック工業株式会社はまだまだ余裕たっぷり、言いたいことが言えるいい会社だと岩崎は感謝した。

「議長、よろしいですか、岩崎君への反論です」

営業本部長の中村が珍しく手を上げた。

「こちらのスライドをご覧ください、世界の新車販売台数の予測です」

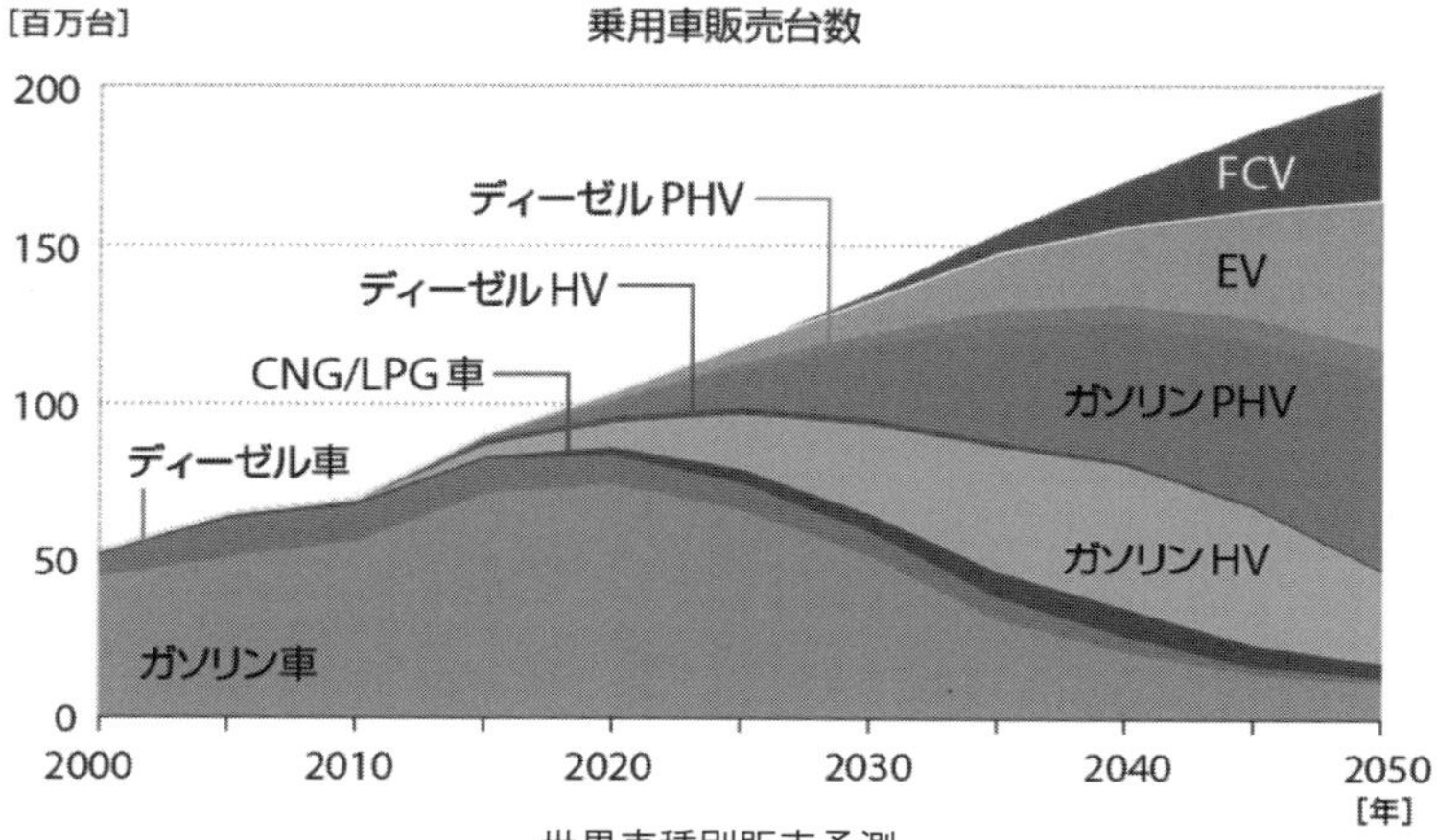

世界車種別販売予測
（出典 IEA：ETP〈Energy Technology Perspectives〉2012）

映し出されたスライドを指さして言った。
「岩崎君が強調した燃料電池車ＦＣＶ、よろしいですか、二〇三〇年で二パーセント、二〇五〇年でも一八パーセントですよ。岩崎君いいかね、二〇三〇年電気自動車が八パーセント、ハイブリッド車が多くなっていますね、ハイブリッド車のパワーソースはエンジン、これまでのレシプロエンジン車が半分ありますから、合わせると九〇パーセントはエンジン搭載車です。二〇五〇年でも電気自動車が二三パーセントと多くなりますが、それでもエンジン搭載車は五〇パーセント以上もあります。

岩崎君、これは権威ある新車販売予測だよ。燃料電池車は微々たるものだ。加えて申し上げれば二〇五〇年度の販売予想は二億台と現在の二倍です。その半分以上がエンジン搭載車ですよ、主流はエンジン搭載車、燃料電池車ではない。ですから森川専務が言われたように増産設備の増強です

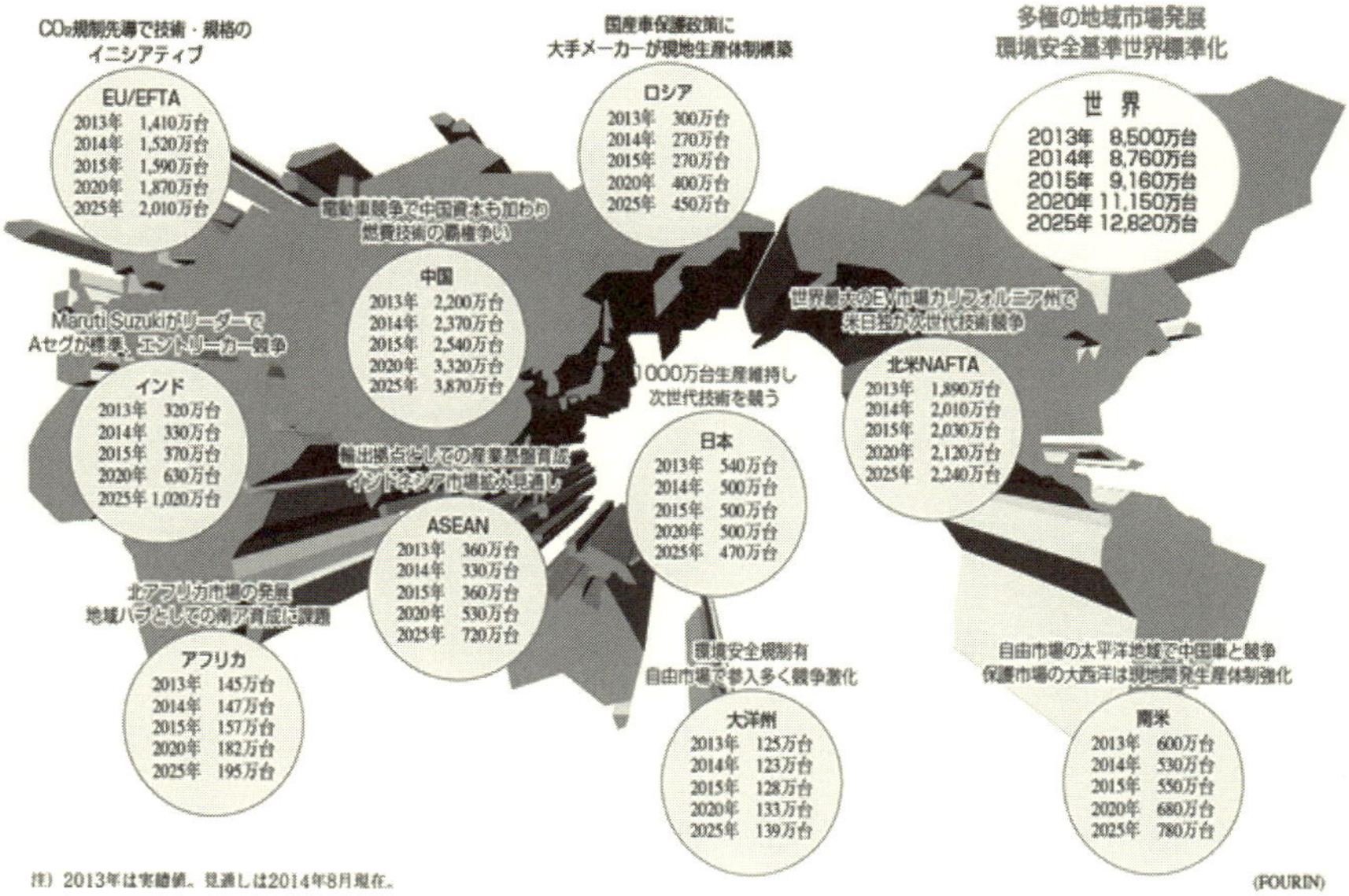

世界地域の自動車市場見通し（出典：『FOURIN 世界自動車統計年刊 2014』）

よ。まだまだ市場は伸びる。でかい工場を新設して増産、自分たち営業社員は世界中に、世界一高性能な我が社の製品を拡販いたします。どんどん造ってください。レシプロエンジンはそう簡単になくならない」

中村が自信たっぷり言い切った。

「そうだ、そうだ」

誰かが野次をとばした。

「もう一つ、よろしいですか」

中村が森川議長に向かって言った。

「このスライドは世界各地の自動車市場の見通しです。やはり注目は中国です。二〇二〇年の予測は三三二〇万台、二〇二五年三八七〇万台、米国は二一二〇万台、二〇二五年では二二四〇万台、自動車大国アメリカを大きく引き離しました。インドやアセアン諸国も増販です。豊かになれば皆さん車を買います。自動車販売はこの先右肩上がりです。自動車が売れれば我々部品屋も増産です」

〝十三億の中国人全員が車を所有し始めたら、レシプロエンジン車が中国の街を埋め尽くす。すると更なる大気汚染。その結果、地球が死滅する。だから心配している、そうじゃあないか〟

岩崎は声を出さずに言った。場の空気は誰もそんなことは心配していない。

「我が社製品を世界一の高品質に仕上げてくれた岩崎君たち技術陣には感謝するが、何事にも程度問題がある。ガソリン車がなくなってしまうような根拠のない幻想は社内に混乱を招く。技術職とはいえ、岩崎君は我が社の専務取締役、配下に示しがつかん、以後慎むように願いたい」

中村営業本部長が会議を締めくくった。


三月下旬鶴舞公園の桜が満開となった。早い春の訪れである。温暖化が進んでいるようだ。山の雪の量も少なく感じたし、雪による高速道路の通行止めも少なかった。岩崎にとって冬の楽しみはスキー、毎年出かけているので降雪量は気になった。山に雪が降らなくなると楽しみが一つ失われるからだ。そんな桜満開のころ、岩崎は栃木研究所にいた。

栃木研究所は栃木自動車の主力研究所で、自動車全般の研究開発を行っていた。二輪車と汎用エンジン部門は埼玉に研究所があった。

「バルブ径を大きくして、吸入と排気をスムーズに早く行い、燃焼効率の良い直噴エンジンを開発中、点火性能がよく、細長い点火プラグの要求、いかがですか」

商談室で主任研究員の後藤が発言した。

岩崎と後藤は昔から顔馴染みだった。岩崎が自動車関連事業部の技術部長時代何度も面談し、議論した仲だった。栃木自動車に限らず、多くの自動車メーカーの技術者と顔馴染みだった。エンジンと点火プラグは親子ほどのつながりがある。

「岩崎さん、出世されて専務さんですか」

「後藤さんにはもう二十年以上、お世話になっています。ありがたいことです」

岩崎は後藤の手を固く握った。

「新任の技術部長を連れてきました」

「技術部長の斎藤です」

斎藤も後藤の手を握った。

「斎藤さん、もう何度も会いましたね、部長さんに出世ですか」

「栃木自動車さんのお蔭です」

斎藤は改めて頭を下げた。

「早速ですが、ご注文いただいたサンプル、持参しました。

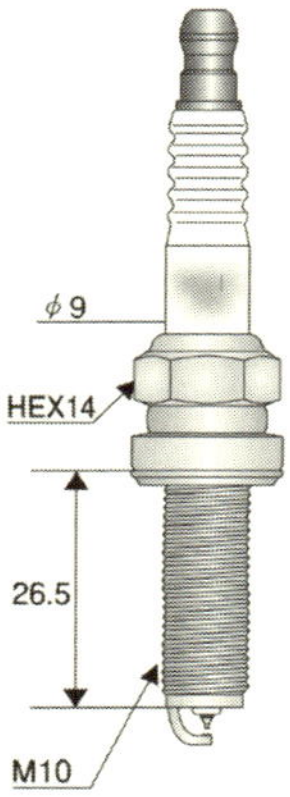

細くて長いプラグ

斎藤はサンプルと図面を後藤の前に差し出した。

栃木自動車の栃木研究所から、一〇ミリネジサイズロングリーチ点火プラグの開発依頼がきたのは半年前。燃焼室の吸排気バルブを大きくしたのでプラグの取り付けスペースが小さくなり、現行プラグが不適合、至急開発せよとの依頼だった。

細くて長い絶縁体の製作は難しい。アルミナ粉末をラバープレスで成形し、所定の形状に削り加工、一五〇〇度以上の高温炉で長時間焼成、焼結して体積が収縮するから曲がりやすい。真っ直ぐに焼けるかどうか材質面からの検討も必要なため、長くて曲がらない絶縁体製造は高い技術力が求められた。

「ほう、よくできていますね、さすがプロですなあ」

「お褒めいただいて恐縮です、八十年の歴史がありますから」

岩崎が嬉しそうに言った。

「今流行りの極細電極ですね」

サンプルをあちこち眺めながら後藤が言った。

「コンマ6（0.6ミリ）、イリジウム合金をレーザー溶接してあります。希薄混合気でも点火できるよう、着火性能向上品です」

斎藤が自信ありげに説明した。

「直噴エンジンの場合、プラグ周辺のガソリンと空気混合気を濃くし、全体を希薄化、着火性能が求められます。シリンダー壁面に付着した燃料は燃えませんから、ディーゼルエンジン燃焼を狙っています。燃焼効率の高いエンジンは二酸化炭素の排出量も低下しますから」

「エンジンの進化は止まりませんね」

岩崎が言った。二酸化炭素排出の少ないエンジンなら温暖化防止にも寄与する。エンジン屋さんも頑張っておられる。

「岩崎さん、細いプラグのデメリット、聞かせてください」

斎藤が真面目な顔になって言った。心配ごとでもあるのだろうか。

「細くなると絶縁体の表面積が小さくなりますから、燃焼時に発生するカーボンで汚損し易く、高電圧が漏洩して失火する恐れがあります。ガソリンが均一に混ざり合っていないと薄いところと濃いところができカーボンが発生しやすくなる。カーボンが発生すると、隙間が小さくなり燃焼ガスの流れ込みが抑制される、いずれにしても汚損に弱いところでしょうか」

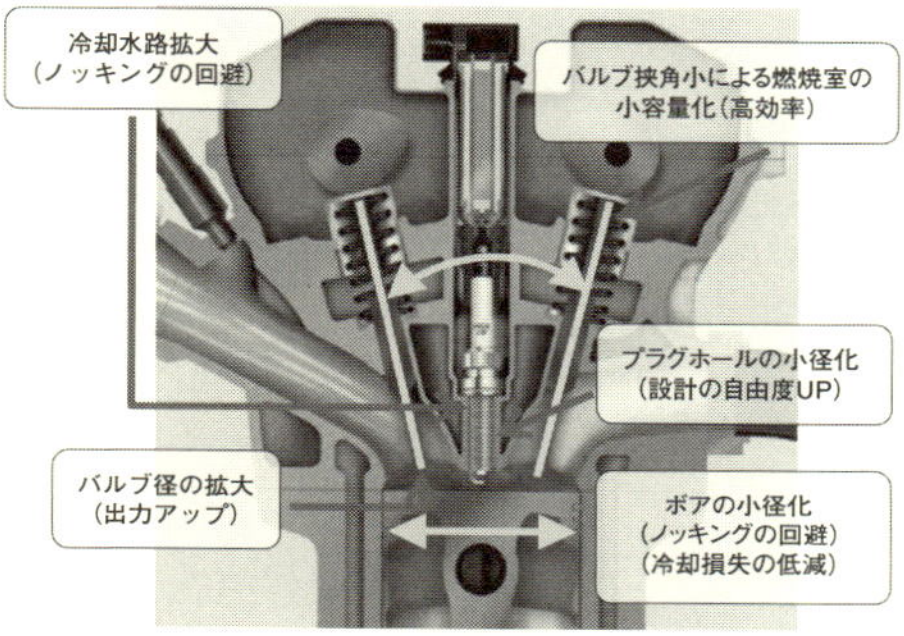

高性能エンジン断面図
（出典：日本特殊窯業）

「そうですか、弱いところがありますか」

「問題になる事態が起こりましたら、即設計変更させていただき、最適設計いたします」

実務担当の斎藤が力強く言った。

「こちらの図を見てください、今開発中のエンジンのコンセプト」

後藤がエンジン断面図を広げた。プレゼン用の資料かもしれない。プラグホールの小径化の説明が書かれていた。

「まあ見てもらえば、専門家の皆さんですから説明は不要ですね」

「燃焼室が小さいようですが、圧縮比も高いですか」

岩崎が図の下側バルブ部分を指して言った。

「左側のインテイクからガソリン混合気を吸入、圧縮、点火して燃焼、燃焼ガスを速やかに右側の排気管から大気へ放出します。バルブ径が大きいと、当たり前ですがスムーズに吸排気が出来ます」

「燃焼温度が高くなりますか」

岩崎が質問した。

「全体の混合気濃度を薄く、希薄燃焼させますから高くなりません。ＮＯ$_{X}$対策です」

排気ガスのクリーン化は、相変わらず重要な設計要素のようだが、燃焼させてエネルギーを取り出す機構上、二酸化炭素の生成は回避できない。どんなに優秀なエンジン設計者でも、燃焼行程を省く設計は不可である。燃焼させ、その際発生する熱エネルギーを利用する機関がエンジンだから、燃焼は常に存在する。燃焼、即二酸化炭素の排出である。

「後藤さん、燃焼行程のないエンジンって設計できますか」

「ええっ、燃焼行程のないエンジンですか、それはもうエンジンではないですね」

「すいません、馬鹿なこと聞いて」

「軽くて、小さくて、燃費が良くて、排気ガスが綺麗で、高出力で、丈夫で、耐久性があって、廉価で、まだまだエンジンは進化しますよ」

「二酸化炭素低減化はいかがですか」

「別の連中がやっています、メインはハイブリット化でしょう。エンジン屋は軽くて燃費の良いエンジンを造れと言われています」

「燃費が重要ですね」

「少ない燃料で出力が出せれば、熱効率の高いエンジンですね。ハイブリッドをやっている彼らからの要求です。熱効率の高いエンジンを設計せよと、馬力競争がなくなって寂しいですよ」

「相変わらず燃焼ですか」

「万年続きますね。燃焼改善、点火性能の優れたプラグ、プラグ屋さんも万年続きますね。点火性能向上プラグを作ってくださいよ、これから先も」

「エンジン屋さんも万年続きますか」

立場が違えばこうなる、と岩崎も同じ気持ちになった。エンジンが万年続けば、プラグもまた万年続く。当たり前に聞こえるがそうはならないと思った。いくら頑張っても熱効率五〇パーセント以上のエンジンは設計出来ない。排ガスを出さないエンジンも無理だ。環境に配慮しても、それ以上効率の良いパワーソースが出現したら、エンジンの時代は終わるだろう。

点火プラグの火花放電

「後藤主研、この写真を見てください」
岩崎が二酸化炭素のことを考えていたとき、斎藤が一枚の写真を後藤の前に置いた。
「点火プラグの火花放電の写真です。電極間で光って見えるのは容量放電の発光ですが、この後見えない誘導放電が続きます。この誘導放電のエネルギー密度と継続時間が希薄燃焼の点火性に影響を及ぼすことを計測しました」

「ほうっ、興味あるね」

後藤が斎藤の眼を見て言った。

「今度の新エンジン、お貸し願えれば最適な火花放電エネルギー分布、測定いたします」

「こちらに来てやっていただけますか」

「わかりました。測定器と調整可能な電源を持参して、やらせていただきます」

プラグ屋もまだまだやることがいっぱいある。燃焼がエンジンの要《かなめ》なら、点火はプラグ屋の領分でもある。エンジンがある限りプラグ屋も活躍できる。難しいエンジンに最適なプラグを供給できるのは我が社しかない。点火プラグの技術に長年携わった岩崎は、何故か晴れ晴れとした気分で栃木研究所を後にした。やるべきことが沢山あるのは幸せだ。

中村営業本部長の顔が浮かんだ、エンジン終焉の日は遠いようだ。

第八章　病魔が襲う

満開だった鶴舞公園の桜が散り始めた。咲いた花はいつか散る、当たり前な季節の移り変わりである。専務取締役技術本部長の岩崎は超多忙だった。誕生日が八月だったから来年の株主総会で退任である。この三十六年間、常にライバルだった一年先輩の中村営業本部長も本年六月の総会か来年の総会で退任となる。いかに優秀でも、六十歳定年のルールは厳然と存在する。岩崎がここまで来たのは歴代の社長に可愛がられたからで、実力者であったかどうかは判別できない。運が良かったことだけは確かだ。

岩崎は会社の方針を受け入れ、批判的ではなく常に提案方を貫いた。会議では善かろうと悪かろうと必ず発言し、提案した。トップに立つ歴代の社長は度量があった。点火プラグという収益性の高い良い商品を持っていたから、配下の提案に耳を傾け、参考にしながら業務を遂行した。社風だろうか、社員あっての会社だと従業員を大切に扱ってくれた。岩崎にとって恵まれたサラリーマン技術者人生を過ごすことができた。

岩崎は健康だった。意欲も漲っていた。専務取締役や常務取締役でリタイヤされた先輩を多く見てきた。世話になった大先輩の平塚も六十歳で退職された。専務取締役だった。自分は来年である。いよいよサラリーマン人生の終焉を迎える。残り一年、総まとめの時期である。会社を背負っていく部課長にしっかりバトンを渡さなければと思った。三十六年前、正門脇の桜が満開だった。咲いた花は散る、人もまた同じなのだ。

「おはよう、岩崎君」

珍しく営業本部長の中村が声をかけた。

「おはようございます。中村さん」

「ちょっといいかな」

役員室に革張りの立派なソファーが並んだ会議席があった。中村が岩崎を誘った。二人は向き合って着座した。

「渡辺社長のこと、聞いたか」

中村が小声で言った。

「いえ、聞いていません。社長、どうかされましたか」

「そうか、聞いていないか」

中村が押し黙った。岩崎は胸騒ぎがした。仕事以外の話は初めてだ。

「肺癌らしい」

「えっ肺癌、社長が」

専務取締役営業本部長から社長に昇格された渡辺の顔が浮かんだ。煙草を吸っている顔だ。大柄な物言いだった渡辺が社長に就くや、態度が一変した。社員の声に耳を傾け、独断専行だった振る舞いは皆無、穏やかで有能な紳士に様変わりされた。役職は人を大きくする、本当だ。

「詳しくわからないが、先週の集団検診で見つかったそうだ」

「集団検診で見つかったのですか」

「事務所のフロアで結核患者が出てね、事務所に出入りする全員が検診を受けた。僕もレントゲンを撮った」

「それでわかったのか」

「精密検査を受けに日赤病院へ行かれた」

「今日ですか」

「早朝出社の社長が今日はいらっしゃらない」

「早期発見だといいですね、今の医学なら」

「肺癌は死亡率一番の癌、難しいかも」

中村は不気味な笑顔をみせた。岩崎はそんな中村を不謹慎だと思った。


「素子工場をご案内します」

岩崎は酸素センサーの工場案内をしていた。東海自動車技術センター第一電子技術部の今井部長が来社されたので、案内役を務めていた。東海セラミック工業はエンジン制御用センサー類も生産していた。なかでも酸素センサーは、数量でも金額でも群を抜いて大きく、点火プラグに次いで二番目の主力商品だった。

一般的にセンサーは電気信号を出力する。圧力計、温度計、速度計、回転計等、制御用はすべて電気信号である。電気信号を感知するセンサーの多くは、電気屋か電装品屋である。

東海自動車には系列の電装品メーカーがあるから、一〇〇パーセント系列の電装品メーカーから購入されていた。多くの自動車メーカーは世界最適調達、二社購買調達を実施していた。

「セラミック屋が造ったセンサーを二社購買の一社に、是非」

一九九五年頃、担当技術者に売り込みに行ったその技術者が今では技術部長さんとなり、出世されて来社されたのである。懐かしさもあって岩崎が案内に立った。岩崎たち若い時代からのこうした努力が実って、日本の自動車メーカー全社と取引があった。早くから点火プラグの海外進出もあり、米国のGM社やフォード社、欧州のBMWやフォルクスワーゲン社など、全世界の自動車メーカーとも取引があった。このビジネスを利用してセンサー類の売り込みを行った。その甲斐あって、酸素センサーも点火プラグと並んで納入が始まった。エンジン制御用センサーである。

「ジルコニアとイットリアを混合した粉末をラバープレス機でプレス加工し、所要の形状に削り出し、焼成します。焼成後、両側に白金電極をメッキ等で被覆し、高温の排気ガスから保護するためセラミック溶射をします。こうしてできたジルコニア素子、センシングの部分です。図の右側に描かれたのがジルコニア素子の断面、左がセンシングのメカニズムです。排気ガス側は酸素がなく、大気側は空気だから酸素がいっぱいある。酸素濃淡電池、約一ボルト発電します」

工場内に掲示された製作工程を示すボードを前に、センサー事業部長の五十嵐が説明した。今

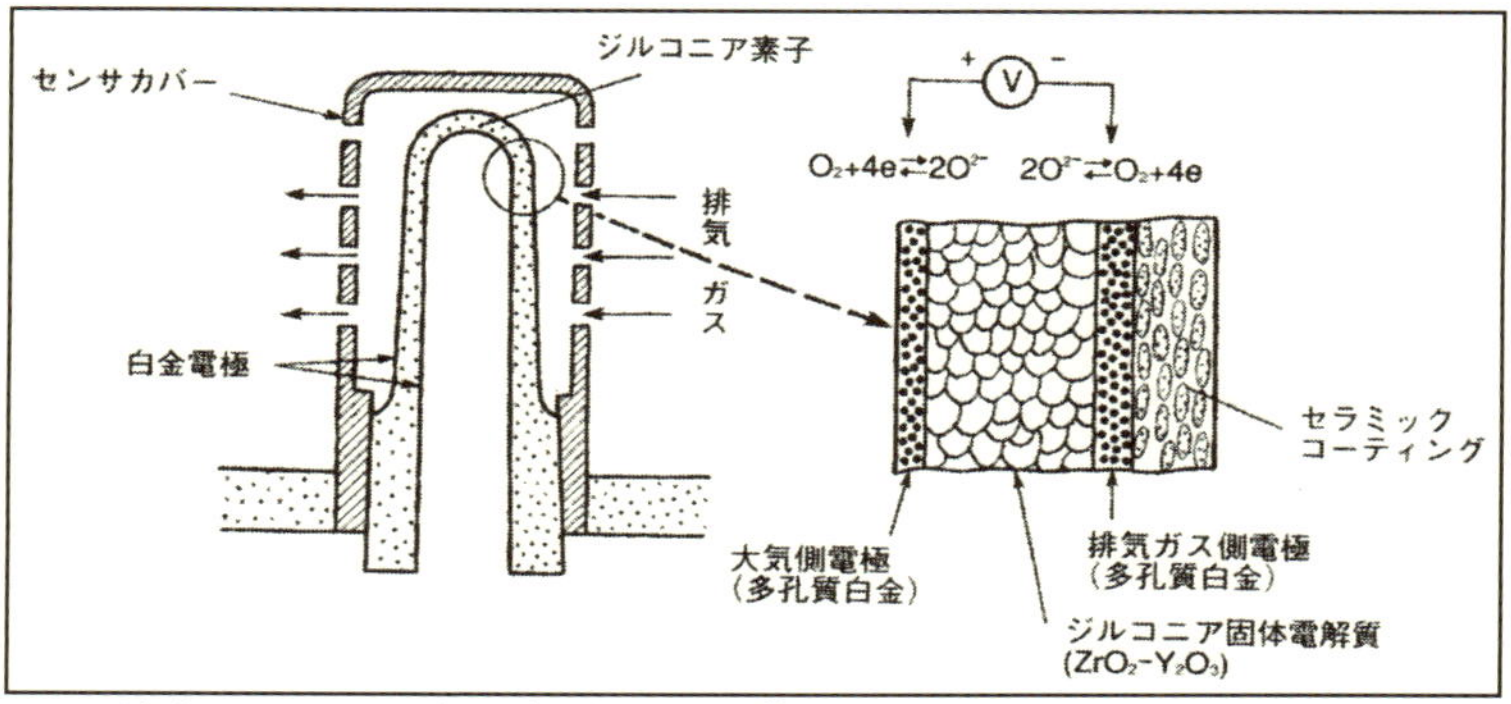

酸素センサーの構造（出典：拙著『エンジン制御用センサ』山海堂）

井部長はご存じの内容である。説明は不要かと思われたが、生真面目な事業部長は見学コースのマニュアルに従った。

「岩崎さん、思い出しましたよ、酸素センサーを造られるきっかけ」

マニュアル通りの工場見学を終え、応接室でコーヒーを飲みながら伊藤部長が発言した。

「マフラーの温度センサーのことですか」

「そう、昔枯草の上に駐車したところ、枯草に火がついて車が燃える事故。それはマフラーの過熱が原因で、それ以後温度センサーを取りつけましたね。炭化水素（ハイドロカーボン）と一酸化炭素除去の排気ガス浄化マフラーでしたね」

今井部長は昔を懐かしむように話をされた。岩崎が所属していた技術部時代にやっていたからこのことは熟知していた。

「ジルコニアでしたね、純粋なジルコニアは絶縁物ですので、イットリアを混ぜて導電性を出していました。温度によって抵抗値が変わるセラミック抵抗体です。炉内の雰囲気によって抵抗値が変わりましたね。酸素雰囲気では抵抗値が小さくなりました」

岩崎も昔を思い出した。自分で計測した経験はなかったが、開発者からよく聞いていた。

「酸素濃度で抵抗値が変わる現象をヒントに、酸素センサーを開発したと説明を受けました。今から思えばいい時代でした」

今井部長も、排気ガス浄化で奔走した若い時代が恋しいようだ。

「ジルコニアにイットリアを混ぜて焼成すると高温計測の温度センサーになり、ビジネスになりました。酸素濃度依存性をあれこれ調べているうちに、酸素が移動する現象を発見しました。添加した酸化物がジルコニアセラミックの中に入り込んで、結晶格子に酸素イオンの空席をつくり、格子欠陥ができて、酸素の欠陥を多く含む結晶構造となることがわかりました。このような結晶構造を個体電解質といい、P形半導体のイメージです。酸素イオンが結晶中を移動し電気を運びますから導電体となりました」

岩崎は長々と説明口調になった。

「一八九八年、ドイツの物理学者、ネルストンが発見した酸素濃淡電池です」

みかねたのか、事業部長の五十嵐が横から口を入れた。

「そうでしたね、酸素濃淡電池でした。酸素センサーが完成して排気ガス浄化システムができ上りました。自動車メーカーの自分たちは、感謝しております」

今井部長は謙虚に頭を下げた。昔から頭が低い誠実な人柄は変わっていなかった。彼もそろそろ定年だろうか。彼のような誠実で優秀な技術者が日本の自動車技術を支えてきたのだと思った。エンジン技術にも精通されておられるようで、エンジンに愛着が感じられた。

「酸素濃淡電池の原理を応用して、セラミック燃料電池を開発しております」

岩崎が突然全く別な電池の話をした。

「岩崎さん、セラミックの燃料電池ですか、社外秘と違いますか」

「セラミック屋はどこも開発中、商品も開示していますから秘密事項ではありません」

「酸素センサーの原理を応用した燃料電池ですか、面白そうですね」

「ジルコニア固体電解質、セラミック屋にもフォローの風が吹きますかね」

「エンジン制御一筋ですから、この先もエンジンと一緒ですなあ、エンジン大好き人間ですから。どうも電池はね」

今井部長が言った。エンジン一筋で良かったと感じられた。


今井部長を見送って研究所へ向かった。同じ敷地内にあるが歩くと五分もかかった。

研究所で武村と向かい会った。古巣である。春日井工場に来ると必ず研究所に顔を出した。

「専務は大丈夫ですか」

「なにが」

「事務棟で結核患者が出たそうで心配していました」

「ありがとう、お蔭で元気だ」

本社から離れた郊外の工場まで伝わっていた。今朝、中村専務から聞いた社長の病状は知らないようだ。

「東海自動車の今井部長さんが近くへ来られたので立ち寄ってくれてね、酸素センサーの素子工場を見てもらったよ。帰りがけに酸素濃淡電池の話をしてね、センサー技術の応用だと話したが興味はなかったよ」

「そうでしょう、当然です。自動車屋さんには、ＳＯＦＣ（固体酸化物形燃料電池 Solid Oxide Fuel Cell）の話は現実離れしていますから」

「今井さんはエンジン制御一筋の方だから、エンジンがなくなる話には興味ないし、当たり前だな」

「セラミックの燃料電池は車に搭載できませんから、興味がなくてあたりまえ、お客さんを見て話された方がいいですよ」

「そうだなあ、そうするよ。ところで酸素センサーの見学コースにあの図を張ったらどうかな」

「あの図って」

「ＳＯＦＣの原理図だよ、君が以前書いたわかりやすいあの図」

「持って来ましょうか」

武村が駆け足で戻って来て広げた。

「そう、この図だ。酸素センサーを社業としているからできたとＰＲしたらどうだ。今日東海自動車の今井部長がおいでになったが東海さんは水素イオン、こちらは酸素イオンでキャリヤが違う。酸素イオンがキャリヤで、酸素センサーの原理から生まれた燃料電池だ。どうだね、説得力あるだろう」

「気持ちはわかりますが場違いと違いますか。僕も今井部長よく知っていますが、あの方は学者ですからよくご存じですよ」

「彼は別格だ、いろんな方がおいでだから」

「中学生の理科の教科書程度ですよ、品格が疑われませんか」

「どうして、いいじゃあないかわかり易くて」

「技術本部長の指示なら従いますけど」

「武村君、何回も聞いているが、要点をもう一度説明して」

「はい、わかりました。ここに書いてある通りですが、よろしいですか。三層構造の右側①空気層ですが、酸素センサーと同じように白金の触媒層があります。触媒の力を借りて空気中の酸素原子が酸素イオンになります。中央膜はジルコニアセラミックで、酸素の欠陥を多く含む結晶構造で固体電解質になっています。この構造ですと酸素が欠損しているところを媒介して酸素イオンが移動できます」

「武村君、ちょっと待った。酸素の欠陥って」

「ジルコニアに酸化物のイットリアを加えて焼結しますから、結晶の中に酸素不足の穴ができます。格子欠陥とも呼びますが、酸素イオンの空孔ができます」

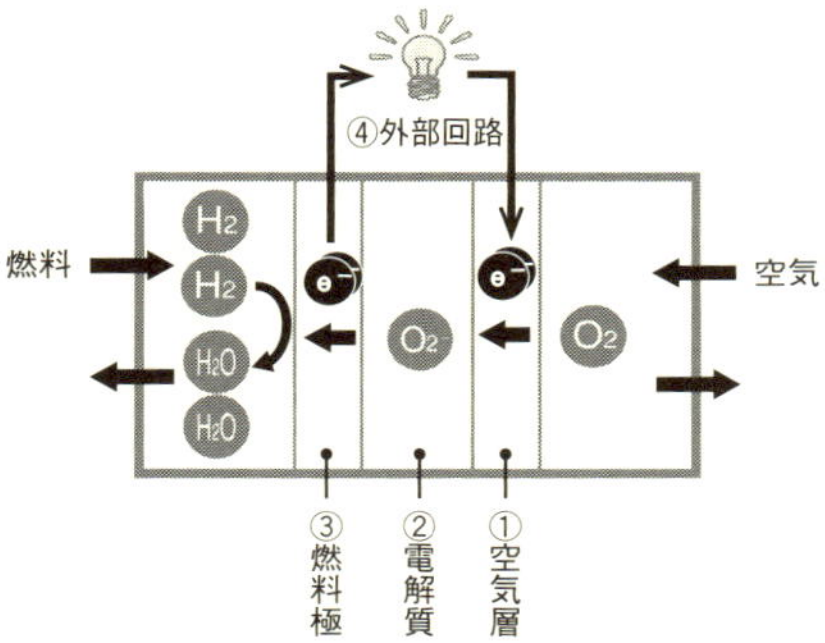

セラミック燃料電池の原理説明図

「そうか、電解質の膜とはそういうものか」

「マイナス電気の酸素イオンが②の膜を通り、燃料極③で水素と合体して水となり、持っていた電子を放出します。燃料極の燃料は一酸化炭素でもよく、その場合は二酸化炭素になります。放出された電子は外部回路④を流れて①の空気層に戻ってきます。電子の移動は電流ですので、電球を点灯したりして、電気エネルギーになります」

「東海自動車の燃料電池は水素イオンだったよね」

「そうです、水素イオンの移動でした。キャリヤは水素イオン、プラスイオンでしたがセラミックではマイナスの酸素イオン、キャリヤがマイナスイオンと逆ですね」

「プラスイオンのほうが大きいと思うが、マイナスイオンでも大丈夫かね」

「プラスイオンもマイナスイオンも持っている電気量は同じですから、電解質を移動するキャリヤがプラスかマイナスだけの違いで、外部回路を移動する電子に変わりはありません」

「電解質の膜の中はイオンしか通らない。不思議だね」

「銅線の中は電子しか通れません。純水は電気を通しませんが塩を入れたら導通します。イオンが電気を運ぶからです。電子が付けばマイナスイオン、電子が離れればプラスイオン、専務はよくご存じのはずですが」

「敵に塩を送る、あれだな、熱中症対策で塩分補給、人体も電気を通すね」

「食塩水は電解質ですから、人体も電解質と言えます。電解質の中で電気を運ぶのはイオンです」

「マイナスの電気がくっついたらマイナスイオン、離れたらプラスイオン」

「バッテリーの電解液、水に硫酸を混ぜた希硫酸H_2SO_4、Hがプラスイオン、SO_4がマイナスイオン、液中で分離していましたね」

「バッテリーの発電、充電機構は良くわかっている。エンジン部品屋だからな」

「燃料電池もバッテリーと同じ三層構造、イオンの働きですよ」

「君の説明は良くわかる。電子を取れば還元、電子をくっつければ酸化、分離した電子をうまく使うのが燃料電池、バッテリーと同じだ」

「正解です、専務。産業革命以降、私たちは物を燃やして動力を得、飛躍的な発展を遂げました。これからは燃やさず、酸化させず、動力を得る道を進むべきです。専務の好きなガソリンを燃やすエンジンにさようならと言いましょう」

「おいおい、それは困るよ」

「燃やす時代は我々の手でバイバイ、もう技術は確立していますから、実行のみです」

「僕も来年定年だから君たちに任せるが、我が社は大丈夫かな、そうなったら」

「岩崎専務が辞められたら困りますね、続投してくださいよ」

「そう願いたいが、こればかりは何ともならん」

第九章　新商品開発会議

　五月一日から五日の子供の日までの五連休が終わる。毎年訪れるゴールデンウィークはサラリーマンにとって楽しみな連休である。連休が終わると新商品開発会議が開催される。年一回の技術部門の総括会議で、技術本部長の出番である。慣例で、この会議は社長以下役員全員と関係部所の部長が出席する大会議、進行役を技術本部長が務める慣わしである。岩崎が最も緊張する会議が今年も始まった。

「本日は我が社のＳＯＦＣ、別名セラミック燃料電池の開発状況と今後の進め方について会議を開きます」

　議長の岩崎が開会を宣言した。

「社長に代わって、私から一言挨拶いたします」

　座ったまま副社長の岩根が発言した。渡辺社長は欠席である。

「社長は病気療養中ですが、来月には出社されると思います。幾つか社長からの伝言もありますのでご清聴ください。社長からは、既存の技術に邁進せよとの指示です。我が社の主力商品、エンジン部品の更なる品質向上とコストダウンを優先事項として、世界に冠たる技術力を誇示せよとの伝言です。勿論、本日メインテーマの燃料電池開発も重要ですが、既存商品を忘れないように、とのことです。私からは以上です」

岩根副社長は短い挨拶を行った。

「副社長、ありがとうございました。それでは本日のメインテーマ、当社のセラミック燃料電池について会議に入ります。武村君、現状報告願います」

「議長からご使命ですので、最初に燃料電池研究部より開発の現状、ご報告いたします。

こちらのスライドをご覧ください。東海セラミック工業が開発したＳＯＦＣスタックです。十九枚のエレメントを積層、パッキングしました。出力は一キロワット、両手で持てる大きさです。栃木自動車さんがやっておられるコージェネレーション用です。汎用エンジンに替わって、家庭のコージェネレーション用燃料電池です。

セラミック燃料電池の外観
（出典：日本特殊窯業）

お湯と電気を作るコージェネレーションは、発電と熱利用を合わせますので、総合エネルギー効率が高く、他のエンジンメーカーさんもやっておられます。一馬力程度の小型のガソリンエンジンで、都市ガスを燃料としております。パワーソースがエンジンでして、このエンジンと直結した発電機で発電、排気ガスから熱を回収、お湯と電気の両方を賄える仕組みになっております。ここで使われているエンジンの代わ

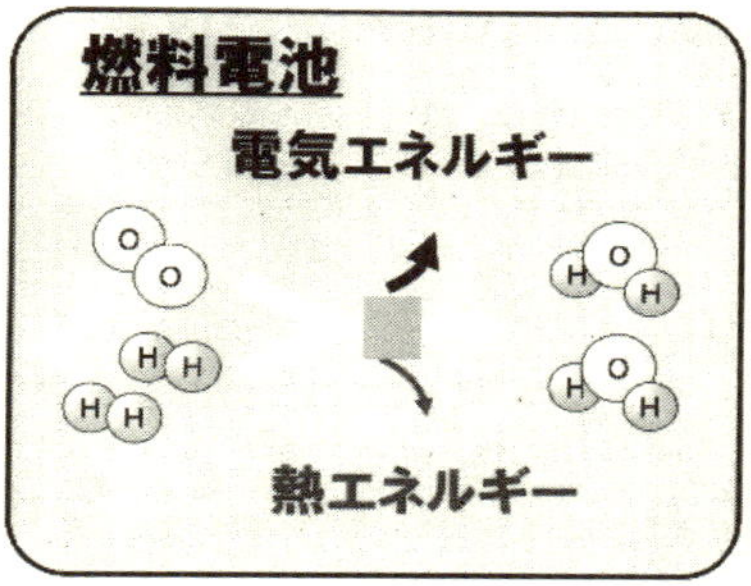

燃やさずに化学反応から電気を取り出す
（出典：日本特殊窯業）

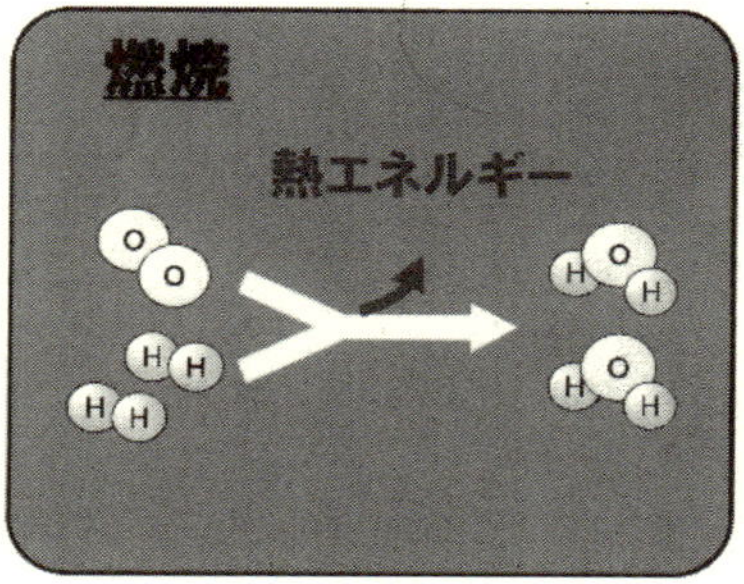

エネルギー熱を得る燃焼
（出典：日本特殊窯業）

りに燃料電池を使っていただこうという提案です。燃料電池は二酸化炭素も排出しませんからクリーンエネルギー、回転部分がありませんから振動もなく、排気音もなく静寂です。都市ガスにつなげば燃料補給も不要で、自前の発電所になります。電力会社から高額な電気を買わなくても、オール電化の生活が可能になる優れものです。

本日初めてお聞きの方もお見えのようですので、勉強会のようで恐縮ですが、燃料電池の基本的な話をさせていただきます。我が社の主力製品はエンジン部品、エンジンは燃焼によって熱エネルギーを得ています。

こちらのスライドをご覧ください。左側に燃料になる水素と燃やすために必要な空気、酸素があります。酸素と水素が合体して燃焼が起こります。このスライドのように、この時熱エネルギーが発生します。酸化作用です。酸素と水素が合体して水になります。水素が燃えて熱エネルギーを発生します。

次にこちらのスライドをご覧ください。左側に同じく燃料になる水素と酸素があります。同じように水素と酸素が合体すると電気エネルギーが発生、水になります。これが燃料電池です。燃焼させずに電気エネルギーを取り出せます。化学反応から電気エネルギーを取り出す発電装置です。勿論この化学反応を起こさせるには、それなりの工夫が必要です。

こちらのスライドをご覧ください。燃料となる水素、Hが燃料極にあります。酸素は空気極にあります。この間は固体電解質という壁で隔離されています。燃料極、固体電界質、空気極の三層構造です。空気極には酸素がいっぱいあります。燃料極には酸素がありません。不思議なことにいっぱいある酸素が電解質をくぐり抜けて燃料極に移動し、拡散しようと拡散現象が起こります。濃い方から薄い方へ拡散して均一な濃度になろうとします。濃い方から薄い方への拡散、まさに自然現象、自然の摂理です。しかし、壁で仕切られていますから簡単に拡散できません。ここで酸素センサーの発電原理が登場します。酸素センサーを手掛けている技術者なら簡単です。この壁を安定化ジルコニアで作ればよいからです。イオンを通す物質を電解質といいます。ジルコニアはセラミックで絶縁物のため、電気を通しません。このジルコニアにイットリウムのような希土類元素を混合して焼結すると電解質になります。

壁を電解質で作り、一方に酸素、他方に水素など酸素がない状態にしますと、酸素が壁をくぐり抜けて水素ガスなどの方へ移動、拡散しようとし、起電力が発生します。酸素濃淡電池の誕生です。酸素センサーはこの起電力のセンシングセンサーです。

もう一度こちらのスライドをご覧ください。固体電解質を壁にして、空気極と燃料極がこのスライドのように三層構造になっています。このスライドのタイトルＳＯＦＣはSolid Oxide Fuel

Cellの略で、固体酸化物形燃料電池と呼んでいます。

この図の固体電解質はイオンを通します。空気極の酸素が酸素イオンになって固体電解質を通過します。酸素イオンになれば壁を通過できますから、酸素が壁の向こうにある燃料極から電子を呼び寄せようと力が働きます。この力が起電力です。起電力が発生、電池になります。

例えば燃料極に水素がありますと、水素原子が持っている電子を分離して、このスライドのように別回路から電子を空気極に送って、酸素を酸素イオンにして、固体電解質の壁を通過させ、燃料極の水素イオンと合体、水を生じます。電解質はイオンは通れますが、電子は通れないので電子は外部回路を移動します。電子の移動こそが電流ですので、電流の発生、電気の誕生です。ＳＯＦＣ燃料電池の発電メカニズムです」

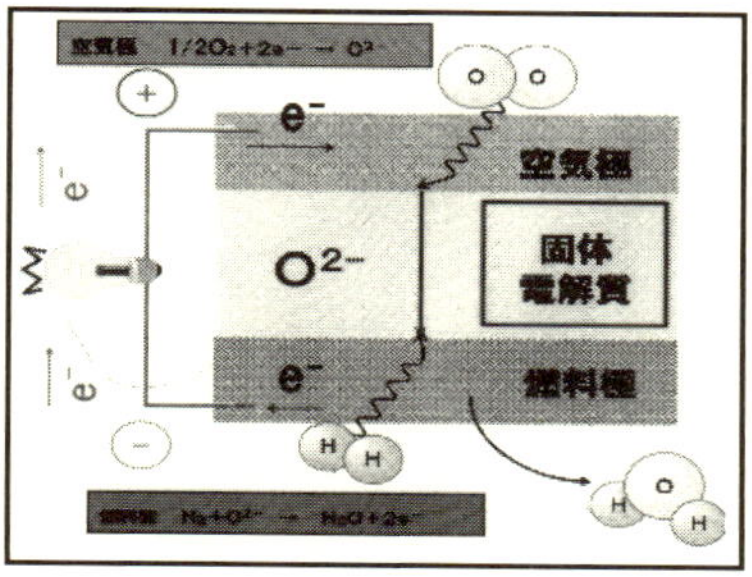

SOFCの反応メカニズム
（出典：日本特殊陶業）

学者肌の武村が長々とＳＯＦＣの発電メカニズムを解説した。

「武村君、酸素イオンにするところをもう少し説明してください」

中村専務がいらいらしておられるようだ。貧乏揺すりを横目で見ながら、議長役の岩崎が発言した。

「わかりました、ちょっと理解しにくいところですが、空気極の酸素を酸素イオンにイオン化させるには、白金などの触媒作用を利用します。酸素センサーは微細な白金を使っています。

東海自動車さんの燃料電池もイオン化に白金の触媒作用を利用

しています。水素原子から電子を分離する、酸素原子をマイナスイオンにするには特別な工夫が必要です。低温では貴金属の触媒作用を利用する以外方法はありません。白金触媒の力を利用してイオン化させます。幸いＳＯＦＣは七〇〇度以上の高温で作動させますから白金を使わなくても、高温の熱エネルギーでイオン化は可能です。

燃料の持つ電子を、燃料から分離して利用します。燃料を燃やすことは酸化です。酸化は電子を失うことを意味します。燃料が持っている電子を分離して取り出し、これを利用するＳＯＦＣは画期的なパワーソースです。セラミック屋にしかできない燃料電池です」

武村が話し終えて席に着座した。

「議長、いい加減にしてくれんかね、長々と。勉強会でもあるまいし」

中村が手を大きく上げて苦言を呈した。

「僕が聞きたいのは、いや僕だけじゃあない、役員全員だ。いいかね、議長さんよ、お客さんに持ち込んだとか、商品化にめどがついたとか、コスト競争できる段階に入ったとか、同業他社に比べて我が社は優位にあるとか、もっと現実、ビジネスの報告を聞きたいね、勉強会は無用だ」

「まあ、いいじゃあないか、ＳＯＦＣのことを初めて聞く役員もいることだから」

岩根副社長が発言した。岩崎は驚いた。半年前の岩根副社長とはまるで違っていた。渡辺社長の代行役を務めておられるからだろうか、トップとしての貫禄そのもの、寛大な発言である。

「武村君たち技術陣には頑張ってほしい。僕も武村君の説明を聞いて、我が社のＳＯＦＣ、良くわかった。セラミックで燃料電池が造れるなんて素晴らしいよ。同業他社に負けないよう頑張ってほしい」

再び岩根副社長が発言した。トップの貫禄が滲み出ていた。役職が人を作ると言うが、社長を意識しての発言、岩根副社長の変貌ぶりに、議長役岩崎は、驚愕の思いで頭を下げた。

「岩根副社長、ありがとうございます。我々技術陣、決死の覚悟で他社に後れを取らないよう、誠心誠意頑張る所存です。ありがとうございました」

岩崎は議長席で立ち上がり深々と頭を下げた。涙が出そうになった。

「先ほど、中村専務から幾つかご質問がありました件につきましてお話いたします。栃木自動車さんへ、コージェネレーション用として一キロワットのＳＯＦＣを持ち込んでいます。残念ですがまだ試作品です。評価用です。客先からは、価格が合えば購入の用意があると回答いただいております。

次のご質問、商品化のめどはついております。客先からオーダーが有れば納入可能です。お断りしなければならないのがコストです。試算では汎用エンジンの十倍ぐらいと割高です。同業他社さんと比べて技術レベルには遜色ないと思いますが、総合力で後《おく》れを取っているかと危惧しております」

議長の岩崎が発言した。

「総合力で後れを取っている、技術レベルに遜色がない。それって営業努力が足りないって、そう言いたいのか」

「いえ、他社さんはホームページで大々的にアピールしており、それを見ますと全社一丸になって取り組んでいるように感じたものですから」

「我が社のＳＯＦＣ、ホームページに載せればいいじゃあないか。自信がないから載せられない、そうだろう、研究の為の研究、ビジネスレベルに程遠い、そうじゃあないかね」

中村専務は座ったまま腕を組んで発言した。

「一馬力のエンジン単体は数万円でできると聞いているが、先ほどの報告だとその十倍だと、そんなレベルで商品化完了。呆れる判断だね。やっと試作品ができました、その段階だ。違うかね、武村君」

中村専務が続けて言った。

「量産すれば価格は下げられると思います」

武村が自信なさそうに発言した。

「栃木自動車さんはエンジン部品で大変お世話になっていまして、エンジンが動力源のコージェネレーションシステム、このエンジンをＳＯＦＣにと話を進めております。評価試験はパスしましたが価格で折り合わず、大幅値引きを営業部長さんにお願いしましたが、時期早々という話で量産できませんでした。月産三十個程度ですので高価格の状態です」

岩崎が補足説明を行った。

「製造原価の十倍ですか、とんでもない、僕も反対だね」

製造本部長の森川が発言した。

「東海自動車さんの燃料電池車は、原価が一億円もしたそうですが、七五〇万円で販売が始まりました。相当マイナスだと思います。我が社も収益がある今なら、十分の一の価格で販売可能です。この価格なら即納入、量産体制が取れ、コスト低減の方策が策定します。客先に納入し、量産しなければコスト低減は難しい。中村営業本部長さん、森川専務、いかがですか、十分の一で売らせていただけませんか」

「とんでもない、君は経営者か、馬鹿馬鹿しい、原価の十分の一で売らせてくれだと」

「とにかく、我が社の製品を市場に出さないと他社に後れを取ります。どんな新商品でも最初は赤字です。先を見て赤字覚悟で始める決意をする、それが経営者ですよ」

「程度問題だよ、半導体で万年赤字製品がある、あれと同じだよ」

「中村さん、ＳＯＦＣは、エンジン消失後の我が社を背負って立つ救世主ですよ」

「わかったわかった、君の持論だ。ところで、東邦ガスさん、エネファームとかいうコージェネレーションシステム、販売されているよね。世界初となるＳＯＦＣ型だそうだ。パンフレットがあちこちのレストランに置かれている。僕も気になったからパンフレットもらってきた。東邦ガスさん、名古屋の会社だ。こういうところと共同開発しなかったのかね。地元のガス会社だよ」

中村専務の問いかけに誰も答えなかった。

「岩崎君、我が社のＳＯＦＣ開発、後手後手だったからじゃあないかね。パンフレットには松永製と書いてあった。燃料電池はＳＯＦＣ型、まさか松永製ではないだろう。同業他社のどこかがスタックを提供しているはずだ。たぶん同業者の京都製作所が提供している上に、もう商品として流通している。我が社の技術陣の怠慢としか言いようがない」

燃料電池に全く興味がないと思っていた中村営業本部長がエネファームを知っていた。営業のトップとしていろんな情報を集めているのは当然だが、燃料電池についても無関心ではおれなかったか。岩崎がことあるたびに燃料電池を口にするから、その反発が反論となっているだけかもしれない。中村専務と膝を突き合わせて話し合わなければと、岩崎はほのかな希望を感じた。

第十章　社長交代

　二〇一六年、早くも六月に入った。日本特有の梅雨の季節である。世界で三番目に雨の多い日本である。この季節は連日雨模様である。降る雨の量も多くなった。雨の日も風の日も会社生活は変わらない。いつものように役員連中が役員会議室に集まっていた。昼食会である。社員食堂と同じ献立が折詰めされた弁当がテーブル席に並べられている。昼食会場となる会議室には大きなテレビがあり、食事をしながらテレビを楽しむこともできた。

　昼のニュース番組が終わって特集番組が放映されていた。地球温暖化の特集報道である。人一倍関心が高い岩崎は箸を止めてテレビの画面に集中した。最近雨が多くなったと感じていた、そのものずばりの画面である。

　一九七五年から二〇一五年までの十年間の平均値が映されている。一時間の降水量八十ミリ以上の発生回数である。一九七五年から一九八五年の十年間の平均が十一回、次十二回、十七回、ごく最近は十八回と年々増加しているデータである。温暖化が進むと水蒸気量が増えて雨の量が増えるからだと気象予報士が解説している。

「岩崎君、君がいつも言っている地球温暖化、僕も雨がよく降ると思う、しかも土砂降りだ」

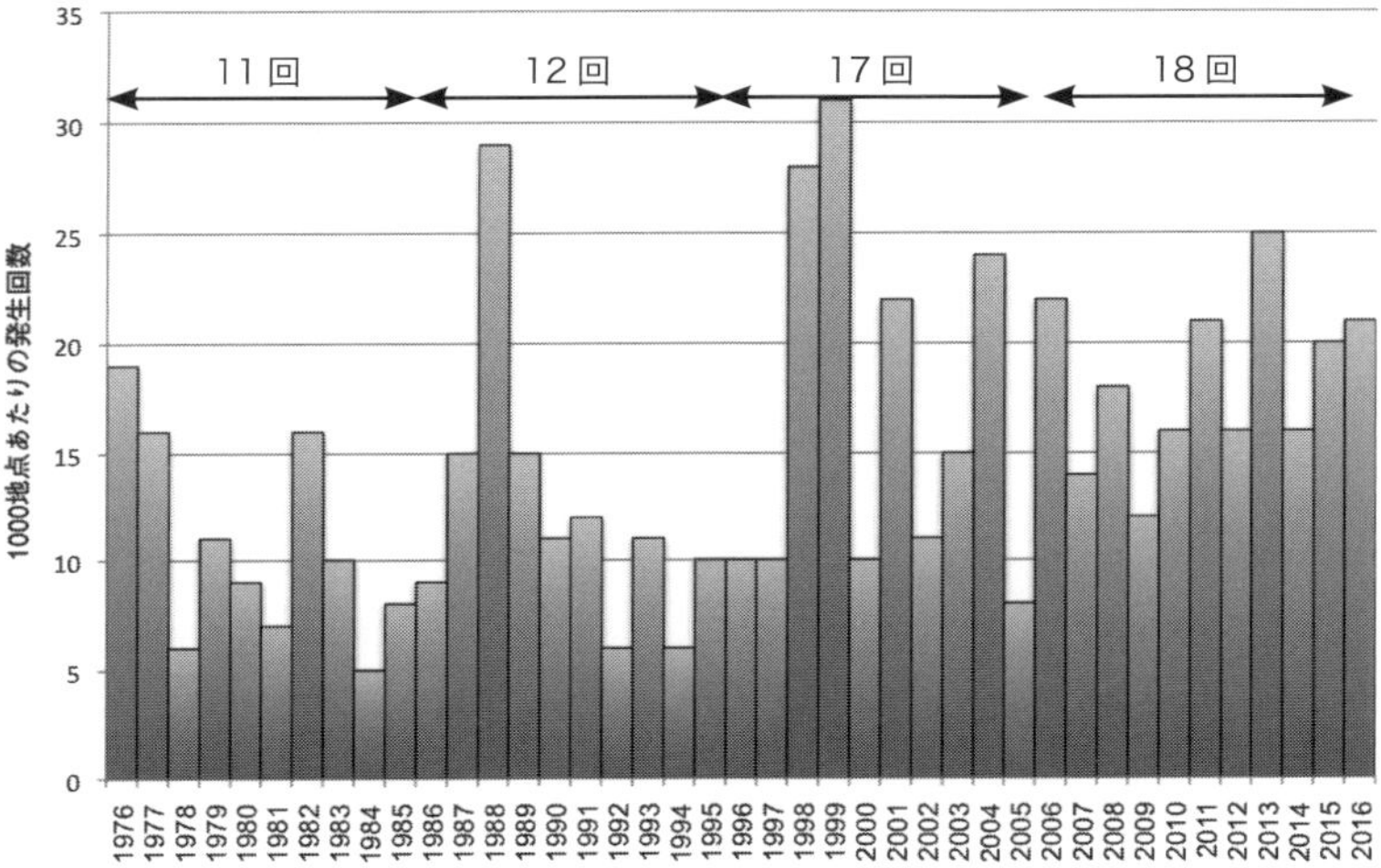

アメダスによる地点で1時間降水量が 80mm 以上となった年間の発生回数
（気象庁 HP をもとに作成）

社長の渡辺が病気療養中で出社されないので、岩根副社長が実質トップだ。言われる内容にも部下の思いやりが感じられた。

「短時間にどっと降る。異常気象が多くなりました。つい先週も、ここの前の道路、冠水しました」

岩崎は感謝の気持ちになって言った。テレビの画面が、巨大台風が東京首都圏を襲うと首都圏が水没する危険があると報じた。もし満潮時と重なり東京湾に上陸した場合、巨大台風は十メートルを超す巨大高潮を伴い、首都圏は水没、死者千名、孤立者七十万の大惨事となる。首都機能は完全に麻痺するという。

「岩崎君、こんな凄い台風、来るかね」

「親父から聞いた話ですが、伊勢湾台風も高潮被害が大半だったそうですね」

「名古屋の南の方は半分近く水に浸かったようで、沢山の死者が出たね」

岩根副社長も伊勢湾台風を話題にした。

「まだ六月になったところですが、既に三個も台風が発生しております。日本に来ていませんがフィリピン諸島は大変な被害に遭っているようで、中心気圧が八九〇メガパスカルとか、中心の最大風速は八〇メートルと途方もない巨大な台風です。日本近海の海水温度が高くなっていますから日本に近づいても衰えない、日本に来る台風は年々巨大化、台風被害が多くなると思います」

食事中の話題としては不適切だと思いながら、岩崎は巨大台風の恐ろしさを話題にした。

「温暖化は二酸化炭素排出量増加以外でも起こるそうです。太陽の活動が盛んになったからだそうですよ」

中村専務が気楽に言った。

「そうだといいね」

岩根副社長が穏やか発言した。トップの貫禄である。

六月初旬の蒸し暑いある日、岩根副社長から、午後三時に副社長室へ来るよう電話があった。これまで時間指定などなかったので胸騒ぎがした。この六月の総会で、中村専務と二人一緒に退任勧告かもしれないと思った。誕生日が八月だから、八月で満六十歳になる。二ヵ月早いがそれぐらいは誤差範囲だ。とうとう自分も退職か、まだまだ先だと思っていたが月日の経つのは早い、サラリーマン技術者人生の終焉が来たようだ。

「失礼します」

約束の三時きっかり、副社長室のドアを開けた。

「どうぞこちらへ」

岩根副社長の声がした。

「あれっ、中村専務も」

思わず声が出た。岩根副社長と中村専務が向かい合って着座していたからである。中村専務は自分より一年先輩で今期退任だから、予想通り一緒に退任だと覚悟した。

「中村専務の隣に座ってくれるか」

岩根が手招きして、着座を勧めた。岩崎は中村の隣に座った。胸の鼓動が速くなった。

「実はね、お二人にお願いがあって」

退職勧告だと頭を下げた。

「渡辺社長の病状が芳しくなくてね、今度の株主総会で退任される意向です。それで僕も退任しようかと、昨日渡辺社長と相談しました。ところが、僕はこんな状態だから退任するが、君は元気だから僕の後釜に座ってくれと言われた」

「岩根副社長が後を継がれるのは当然です」

中村が言った。

「中村君ありがとう、僕もいろいろ考えた。もちろん社長をやってみたい。渡辺さんにそう言われて嬉しかった。サラリーマン社長とはいえ会社のトップだから、誰しもやりたいよね」

岩根が口ごもった。悲しい表情になった。岩崎は岩根から目を外さなかった。これまで数々の罵声を浴びた岩根副社長、渡辺社長が出社されないようになって度量が大きくなられた、いよいよ社長だ。いい社長になられると思った。

「僕も渡辺社長と一緒に退職しようと思う」

「ええっ、退職」

同時に二人が声を張り上げた。

「僕と渡辺さんは入社以来コンビだった。思わぬ病気になってね、不本意だよ。それで社長を辞めるなんて、悲しいね。渡辺さんも社長続投したいと、でも病がね。彼の気持ちを思うとね、癌は恐ろしい病気だよ。気の毒でね、泣けて、泣けて」

岩根副社長は、俯いたまま声を落とした。涙ぐんでおられるようだ。

「考えたよ、仲間が病気で倒れたら取って変わる、僕だけがいい目にあっていいのだろうかと。それで、僕も退任しようかと」

「岩根さん、社長やってください」

中村が立ち上がって言った。サラリーマンの頂点である。滅多にないチャンスだ、放棄することはない、率直にそう思ったのだろう。

「それでね、君たちに後を任せたいと思ってね」

「僕たちに、ですか」

岩崎は驚いた、退任の宣告だと覚悟していたから、想定外。意外な展開になった。

「中村君が社長で、岩崎君は副社長に、引き受けてくれんかね。僕も社長やりたかった。だが仲間が病気で辞めた後釜に座ってはいかんと思えてね、辞めるべきだと」

「僕が副社長ですか」

岩崎は驚いた、まさか代表取締役副社長だなんて、夢のような提案だ。

「わかりました。二人で後を継がせていただきます、ありがとうございます」

中村が駆け寄って岩根の手を握った。中村は今期で退任を覚悟していたはずだ。退任のはずが代表取締役社長就任、よほど嬉しかったのだろう。岩根副社長の手を両手で抱きかかえるように握った。マジで本当かい、なんと運がある男なのだ、運も実力と言うが、強運の持ち主だ。渡辺社長が病気になられなかったら、間違いなく専務取締役で今期退任だったはずだ。なのにそれが社長だ、岩崎は驚愕した。

「後を継いでくれるか、ありがたい。渡辺さんも安心して療養に専念できる」

岩根が笑顔になった。閊《つか》えが取れたようだ。それにしても自分が代表取締役福社長、降って湧いたようなありがたいお達しだ。岩崎は岩根副社長に向かって深々と頭を下げた。正直嬉しかった。まだまだ武村たちと一緒に仕事ができる。元気だし、意欲もある、これで終わりたくないと思っていた。あと一年は続けられるかと期待していたが、代表取締役には定年はない。ありがたい、本当に感謝感激、土下座してもいい気持ちだ。中村と岩崎は二人揃って再度頭を下げた。中村も嬉しそうだった。

役員大部屋に戻ると、中村から会議室に来るよう声がかかった。岩崎など代表権のない役員十四人は全員、この大部屋に席があった。入口の正面に中村専務、営業副本部長、常務の勝川、平取締役二名の営業部隊四名の席がある。左側は常務取締役本社総括部長、社外取締役、取締役経理部長など四名の席があり、入口から向かって左側に岩崎、製造本部長森川専務、製造副本部長で常務の加藤、研究所所長の武村他二名の技術系取締役、総計六名の席がある。

代表取締役渡辺社長、同じく代表取締役岩根副社長、中村専務、森川専務、岩崎専務と専務は三名、営業副本部長の勝川常務、本社総括の伊藤常務、製造副本部長の伊佐川常務と常務も三名、平取は武村他八名、総計十六名の陣容である。大部屋には専属の秘書二名が世話をしていた。岩崎は本社技術センターと春日井工場にある研究所にも席があったから、大部屋には殆どいなかった。

「岩崎君よ、社長だよ、社長、僕がね、まったく幸運児だ」

会議室に先に来て待っていた中村が嬉しそうに言った。満面笑顔だ。

「まだ信じられません、副社長になれるなんて」

岩崎も同感だった。喜びが満ち溢れていた。

「岩根さんから話があると声を掛けられて、ピーンときたね、渡辺社長の病状、相当悪いとね、岩根副社長が社長に昇格して僕が副社長、そういう話だと。それがなんと社長だって、驚いたね」

中村が嬉しさを隠し切れず笑顔で言った。仏頂面しか見せたことがない中村の笑顔、本当に嬉しそうだ。

「岩根さんが社長になられて、中村さんが副社長、それが普通の流れですよね。僕なんか、信じられません。岩根副社長は理系で、中村さんが文系ですから」

「君も良かったじゃないか、ひょっとしたら定年退職だよ。僕は救われたね、渡辺社長様病気のお蔭だ、ついているよ」

上が病気でいなくなれば下が上がる、サラリーマンの常道だ。健康でなければ運は向いて来ない。不謹慎だが自分もその恩恵を頂いているのだ。

「中村さんの昇格は当然ですが、岩根副社長が辞められる理由、病気で辞められる社長と連れ添うだなんて悲しそうでしたね、社長やりたかった、そうでしょう」

「ここまで来たら、誰だってやりたいよ」

「前任者の青山社長退任の時も、副社長、ご一緒された。我が社の慣例でもあるのでしょうか、副社長は社長になれないなんて、しかし今度の場合は病気ですから」

「まあいいじゃないか、代表取締役にしてくれるというありがたいお告げがあったから、君とは腐れ縁だね、これからもよろしくたのむ」

中村が右手を出したので、岩崎も慌てて中村の手を握った。握手である。入社以来はじめての経験である。中村は営業畑、岩崎は技術畑、お互い良いところを出し合ってことに当たればいいはずなのに、なぜかライバルと疎んじられ、ことあるごとに反論された。一年先輩格であったから、最後はいつも岩崎が引いていた。これからもよろしく頼むと向うから握手を求められたのは、やっと自分の価値が評価されたようで気分良好だった。

「中村さんが社長になられたら、我が社の燃料電池、原価の十分の一で栃木自動車さんへ納入させていただけますね」

「それとこれとは話が違う、岩崎君、それは駄目だ」

第十一章　先輩に伺う

副社長をやってくれないかと言われてからたちまち一週間が過ぎた。

電子メールは便利である。ペンも便箋も要らない。パソコンを開いていれば即刻伝達できる。ほんの一分もあれば要件を詳細に伝えられる。

「親愛なる平塚先輩様、今年も例年通り梅雨の季節を迎えました。お元気でご活躍のことと思います。雨の多いこの時期水力発電に挑戦中の先輩にとって好機かと存じます。多少の浮き沈みはありますが、自動車業界は活況を呈しておりまして、我が社も増収増益、今月末の株主総会では善い報告ができそうです。先輩のような仙人暮らしはとてもできませんが、日々業務に追われ、サラリーマンとしては充実した企業人生を過ごしております。

ご存じのように株主総会は今月二十九日、その前にいろいろご相談致したく、もしご都合よろしければ六月十四日火曜日午後六時、料亭かもんで会食いたしたく、お伺い申し上げます。再会できますこと、楽しみにお待ちしております」

昼休み、岩崎が発信したメールである。

〝後輩よ　迷ったときは　俺に聞け〟

サラリーマン川柳にそんな意味の句があった気がした。迷ったり悩んだりした時、先輩を訪ねよ、岩崎が実行してきた秘策である。ある時は直属の部長に、ある時は大学の先生に、ある時は自社の専務取締役に、役員になってからは自社の社長に、ご相談いたしたくと申し入れた。今になって思えば、大した能力もない自分がここまで来ることができた要因の最たるものであったかもしれない。サラリーマン人生をうまく泳げた、誰もやらなかった愚直な行為がごく自然に行えた主因のようだ。


「お久しぶりです先輩、お元気そうでなによりです」

料亭かもんで待っていた岩崎が平塚先輩の手を握った。

「ありがたいね、呼んでもらって。高級料亭には来られんから嬉しいよ」

二年ぶりの再会である。滅多にない機会だから、平塚は満面の笑顔である。料亭かもんは純日本風、床の間付きの十畳の部屋で二人は向かい合って座った。卓上にはお酒の用意がされていた。瓶ビールである。

「まずはビールで乾杯しましょう」

岩崎が平塚のコップにビールを注いだ。

「再会を祝して乾杯」

岩崎が杯を上げて言った。平塚先輩も同じように杯を上げた。退職後もう長い時間が過ぎたが、後輩から声がかかるのは稀である。特に退職後十年が区切りのようで、それ以降呼んでくれたのは岩崎ただ一人だった。平塚にとっては貴重な後輩である。

「実は内示がありまして」

「ほおお、代表取締役かね」

「実は先週、岩根副社長から、副社長との」

「おめでとう、すごいじゃないか」

「渡辺社長の病状がよろしくないようで、お二人とも退任されるそうです。それで中村さんが社長で僕が副社長、やってくれるかねと言われまして、中村さんが即座に引き受けられまして、自分も連れだってで」

「よかったよかった、おめでとう。乾杯しよう」

平塚が杯を上げた。岩崎も応じた。

「岩崎君、副社長昇進、おめでとう、　乾杯」

二人は杯を合わせ、飲み干した。

「君が偉くなって嬉しいよ」

平塚は心底嬉しかった。自分が新米課長時代の新入社員が代表取締役副社長である。

「先輩にお聞きしたいのですが、岩根副社長が社長に昇進され、中村さんが副社長、これが順当な流れだと思いますが、我が社には社長と副社長はお二人揃ってリタイヤされる社内の申し合わせでもありますか」

「あるかもしれないが、僕も聞いていない」

「岩根副社長は理系で中村さんは文系。これまでもそうでしたから、岩根さんが辞められる理由が理解できません。岩根さん、泣いておられました」

「岩根君から直に聞きましたか、彼もやりたかったと思うよ。ここまで来たら、岩根君も社長の椅子に座りたかったと思うよ」

「渡辺社長と相談して、決めたと言われました」

「病気になった渡辺社長、一人だけ辞めさせられなかった、武士の情けかもな」

「今どき武士の情けですか、中村さんは大喜びでした」

「中村君は今期で定年だから、そりゃあ喝采だね、運のいい男だね」

「それにもう一つ、森川専務、理系で僕より二年先輩、順番から行けば僕でなく森川先輩だと」

「生産技術の森川君か、彼も優秀だったなあ。六十一歳になったか」

「優秀な森川さんを出し抜いて僕が選ばれるなんて」

「社長の渡辺君が君を選んだと思うよ、僕も君を選んだよ。森川君は一度も誘ってくれなかった。僕が退職したら、はい、さようならだ。まあこれは冗談だが、君の方が情があるし、社交的だし、自動車メーカーへの顔をもあるし、夢もある。先輩を大事にしてくれるから、当然の流れだ」

平塚先輩は嬉しそうに言った。後輩が偉くなれば誰だって嬉しい。

「社交的ですか。それにしても、森川さんには申し訳ないと思いまして」

「君は何度も声を掛けてくれたが森川君はゼロだ。僕も現役の頃よく先輩に声を掛けた。勉強会の講師を頼んだこともある。午後の三時頃来社してもらい、二時間講義していただき、そのあと懇親会、いろいろ聞いたよ」

「そうでしたか。先輩も、先輩に教えを乞うておられたんですね」

「授業料は要らないし、同じ会社の経験者だから経験者は語る、だよ。同じ会社の先輩だよ、何でもご存じ、僕も利用させてもらった。救われたね。だが退職した僕のところへは誰も聞きに来なかった、もっと先輩を利用した方がいいと思うがね。僕は年数回、昔の上司を訪ねて教えを乞うた、懐かしいね。もう上司は皆さん、あの世に行かれてしまった。もっといろいろ聞いておけばよかった。岩崎君、君は違うね」

「ありがとうございます。気が楽になりました」

先輩と話ができて良かったと思った。

「森川君は優秀だと思う、製造業は生産技術力が勝敗を分ける。彼は海外の工場を含めて全工場の生産設備に精通していた。でもなあ、僕は思うにトップに立つには人望というか、雄大というか、太平洋の大海原のような、人知を超えた巨大さが必要だと思う。彼にはそれが感じられない」

「そういえば岩根副社長、渡辺社長が病気で出勤されなくなった後を引き継がれたのですが、包容力というか、人望というか、格段に大きくなられました。社長の席まで譲られるとは、自分にはとてもできない」

「肩書は度量を表すからね、岩根君も大きくなったんだね。僕が知る限り彼は野心家だ。後輩に人生最大のチャンスを譲るとは、たいした男だ」

平塚先輩は岩根副社長を見直したと言った。それにしても自分の副社長昇進を心から祝福してくれているように思えた。代表取締役副社長、夢のような昇進だ。運が巡って来たと再度思った。

「岩崎君、こないだテレビを見ていたら面白いデータがあってね、写真に撮った」

平塚先輩が一枚の写真を取り出した。

「これだがね、東京の平均気温の推移、一九〇五年から二〇〇八年の間の平均気温の推移だ。驚いたね、約十四度から約十七度と三度の上昇だよ」

「先輩、もう隠居される年代ですのに、東京の平均気温の推移ですか」

岩崎は心底感心した。

「僕も地球温暖化を気にしていてね。誰かの役に立ちたいとね」

「この百年で東京の平均気温が三度以上上昇ですか。温暖化は確実に進んでいますね」

「そうだよ、問題は上昇の傾きだ、年々急になっている。二〇一六年六月現在だと四度以上は高くなっていると思うよ、気になってね」

「今年の夏も暑くなりそうですね、温暖化は急上昇ですか」

「僕も現役のころは忙しくしていたから、地球温暖化対策なんか気にもしなかった。コストダウンやリコール回避に必死だった。出世もしたかったから、業績を上げるのに休日も返上して働いた。誰でもそうだと思うが、会社人生まっしぐらだ。だが、退職して広く世の中を見るようになった。様変わりだし、色々な情報が多々、気になってね。温暖化を加速しているのは火力発電の増強も一因だと思う、原発の分までまかなっているから。例えば、名古屋港の知多火力発電所。煙突からモクモクと、青空に水蒸気か煙かわからんがすごい勢いで噴出している。大丈夫だろうかと心配になるね」

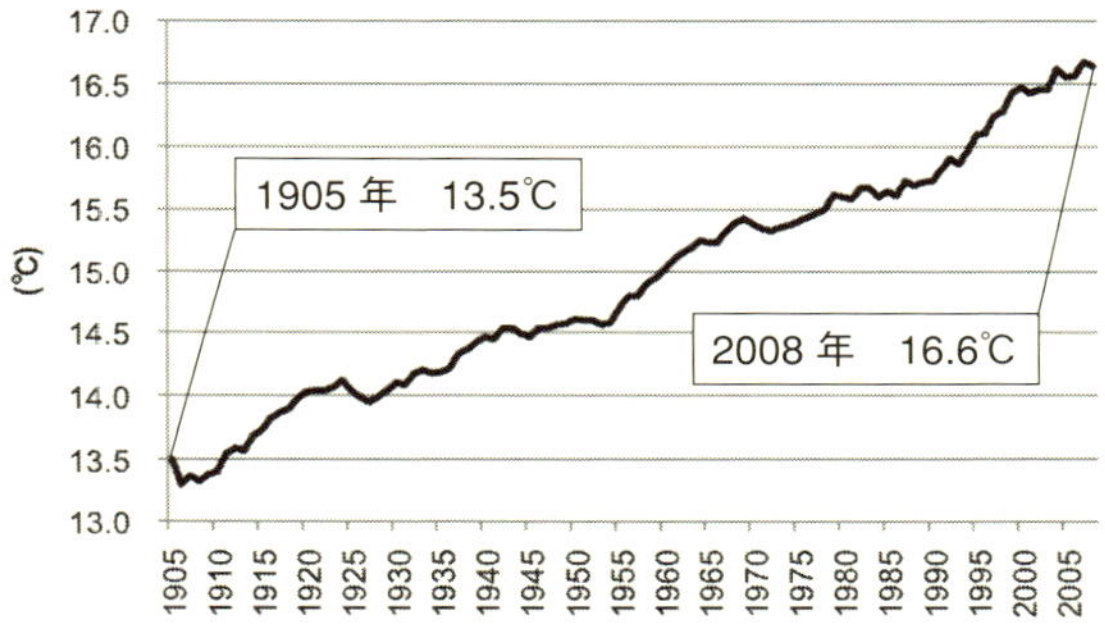

東京の平均気温の推移（11 年移動平均）
（気象庁のデータをもとに作成）

岩崎も知多の火力発電所を見たが別段気にならなかった。モクモクと白い煙を噴き上げている、見慣れた光景だ。心そこにあらねば見るものも見えず、そのようだ。

「岩崎君、企業の責任と義務、考えたことあるかね。君も経営者のトップとして、社会的責任を果たす義務がある。まあ、僕も自覚しなかったから偉そうなことは言えないが、企業には社会的責任があると思うね。例えば温暖化防止に寄与しなければならないとか、東京の気温がここ百年で三度以上も上昇した、企業人として何とかせにゃいかんとか」

平塚は真剣な表情で言った。現役時代とは価値観が違ったようだ。

「東京の気温が三度上昇ですか。しかし、目の前の業務をこなすだけでせいいっぱい。それに僕も会社人間です。上司の指示で走り回る、まあロボットに似たようなもので」

渡辺社長や岩根副社長から温暖化防止の指示など一度もなかった、と言いそうになった。日々上司の意向に気を配ってきた岩崎だった。

「君も代表取締役副社長になる。社会への貢献、企業責任を自覚すべきだと助言するね」

「企業人として社会貢献ですか」

岩崎はそう言いながら中村専務の顔が浮かんだ。業績向上、それが取締役員の全てだと叫んでいる彼の顔である。地球温暖化など眼中にない顔だ。

「温暖化だよ。東京に限らず地球全体が温暖化しているのだ、原因ははっきりしている。二酸化炭素の増加だ、二酸化炭素を排出しないエネルギーの創設、燃やさずにエネルギーを取り出す画期的なデバイスの創造だよ」

平塚先輩が重ねて言った。何かに突き動かされた厳しい表情である。退職して二十年近く過ぎた老人とは思えない、叱咤の響きがあった。

「岩崎君、わかっているかね、火力発電所のように燃やしてはいかんのだよ」

平塚が声高に言った。

「新しいデバイスの創作と言われますと」

岩崎も厳しい表情になった。

「セラミックの燃料電池だよ、君が開発している」

「ＳＯＦＣですか」

「そうだよ、セラミック屋の特技だ、セラミック専門屋しか創れない。白金などの貴金属も不要な、高効率の発電能力のあるセラミック燃料電池。エンジン製作費と同じコストで生産できれば、二酸化炭素を排出しない理想的なエネルギー源になるね」

「先輩、それは困りますよ、我が社の主力製品がエンジン部品ですから、そうなったら会社倒産、大変な事態ですよ」

「そんなことは百も承知、エンジン製造原価と同値でできれば、新商品となって会社を支える、魅力ある屋台骨になる、会社の業績も上がる」

「先輩は気楽でいいですね、何千万台も造られているエンジン、とことんコスト低減化されたエンジンと同値だなんて、とてもとても、十倍はします」

「だから、君が頑張って画期的なコスト低減をするのだ。それが君の課題だし、企業責任だと僕は思うね」

「僕の企業責任ですか」

「そうだ、代表取締役副社長になる君の企業責任だ、君にしかできない」

「先輩、随分わかりやすい企業責任ですね」

「社長業は中村君に任せればいい、君にしかできないことに注力すべきだ、会社が未来永遠に存続するただ一つの道だよ。このことに成功すれば会社も存続するし社会貢献にもなる。羨ましいよ、君はまさにその渦中にある。世のため人のため、社員のため、そして自分のため、明快な目標が見えている。廉価な燃料電池ができれば第三次産業革命だ、会社も救える」

平塚先輩の熱意が伝わってきた。第三次産業革命が起これば内燃機関は消滅する。会社は倒産する。代表取締役副社長と浮かれている場合ではない。他社より先に行かねば。

第十二章　副社長昇進

六月二十九日水曜日、予定通り株主総会が開催され、終了後に開かれた役員会で、代表取締役社長中村政治、代表取締役副社長岩崎正彦の両名が選任された。岩崎にとって会社人生至福の日となった。技術畑一筋、よくここまで来たものだと胸が熱くなった。取り立てて優秀でもなかった岩崎である。自分よりはるかに優れ者の森川進一専務は退任された。自分は運が良かったと言うしかない。能力や努力だけでは勝ち取れない会社人生の勝負である。その勝負に勝利した岩崎は満面の笑顔だった。

「岩崎副社長、おめでとうございます」

会社人生、初めて個室に入った岩崎の最初の訪問客は武村だった。武村も六月の株主総会で専務取締役に昇進した。技術部門全般を総括する責任者である。勿論、上司の岩崎が推挙した。上司が偉くなれば部下も偉くなる。

「大部屋でいいと言ったが、中村さんから怒られたよ。しかし、ここは狭苦しくて息がつまる」

「またまた贅沢な、何千人もいる社員の中で二人だけですよ、もう。僕も入りたいですよ」

「そうか、君に譲るよ、優秀な君のお蔭でここまで来た。君には入る権利がある」

「またまた御冗談を、嬉しくてしょうがないくせに、まったく」

三十年以上も一緒に働いてきた武村である。上下を越えた同期の仲間のような親しさがあった。仕事の同僚を越えた友人的存在である。

「ところで武村君、人とくるまのテクノロジー展、見に行った」

岩崎が真顔で言った。

「こっそり出かけました」

「どうだった、盛況だったか」

「特別講演『自動車のエネルギーを考える　岩崎正彦』垂れ幕がありました」

「冗談言うなよ、自技会ではそういう派手な垂れ幕はやらん」

「よくご存じで、入口ゲートでいただいたパンフにこのように」

武村が〝その先のテクノロジーが見える〟と白字で書かれた案内書を開いて見せた。

「ここに大きく書かれています」

「困るよな、中村さんに見つかったら大目玉だ。経営者として失格だとどやされる」

「帝国自動車の技術者や栃木自動車の技術者、地元の東海自動車さん、多くの自動車メーカーさんも来られていますから、当社のいい宣伝になりますよ」

「だから、君が受けてくれれば良かった、代表取締役副社長の仕事ではない。技術者ボケと罵倒だよ」

「僕は中村さんと反対意見です。代表取締役副社長の肩書があるから価値があると思います。肩書ですよ」

「武村君ありがとう。少しは楽になるが、僕もそろそろ引退だ」

「自技会（自動車技術会）は電気学会とか機械学会とか、そういう学会という名前は付いていませんが純然たる学会で、会員数は日本最大、特に中部地方には東海自動車をはじめ自動車関連企業は沢山あって、中部支部は関東支部より会員数も多く、世界に冠たる自動車技術大国を築き上げました。今回も名古屋市国際展示場に二八四社も出展しています。新技術の展示です。勿論我が社もブースを開いています。商談会も開かれています。自動車技術を世界一にしたのは我々ですよ、全国で六万人以上いる自動車関連技術者、その祭典で名誉ある特別公演、我が社をアピールする絶好の機会だと思います。中村社長は喜ぶべきですよ」

自技会開催のテクノロジー展
（名古屋）

武村が長々と自技会を話題にした。我が社の製品が世界一になれたのも技術会で会員同士切磋琢磨した成果だと思えた。秀でた才能もない岩崎が、取締役副社長まで昇進できた勝因は自技会をうまく取り込めたからと思えた。技術者上がりでトップまで上り詰めた岩崎の、これも社会貢献かもしれない。

七月一日午後二時、第二展示館、特設講演会場演壇に岩

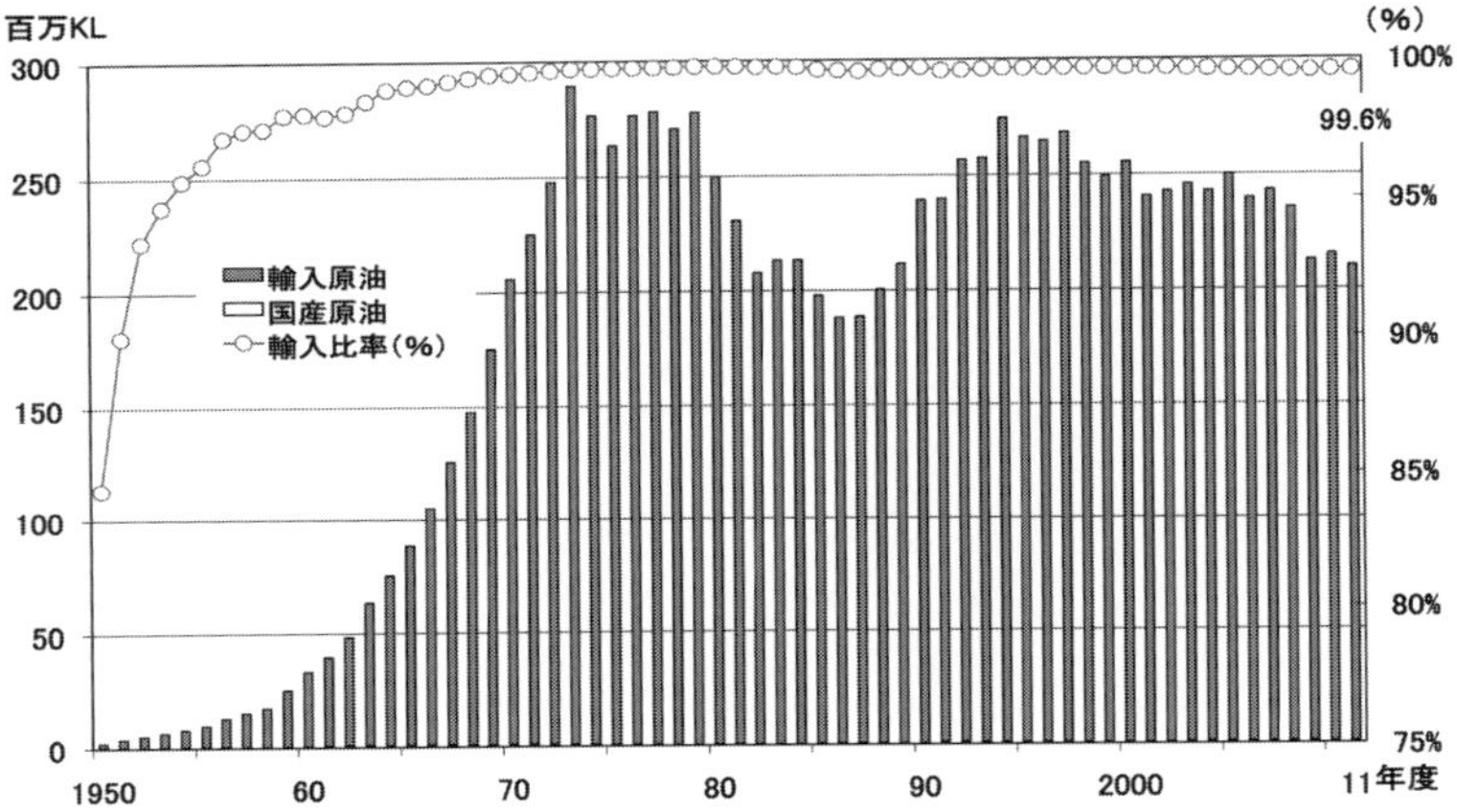

年間輸入原油の総量推移（出典：資源エネルギー庁 HP）

崎が立った。会場を揺るがすほどの拍手が響き渡った。

「只今より本日の特別講演『自動車のエネルギーを考える』、講演者は東海セラミック工業株式会社代表取締役副社長、岩崎正彦様」

代表取締役副社長になったばかりで恥かしかった。司会者の紹介が終わると、会場内はシーンと静まりかえった。緊張の瞬間を迎えた。最初の言葉を普段通り発せられるかが問題だ。ひな壇に立って大勢の聴衆を前にして頭の中が真っ白になり、何も言えなった経験がある。まず題目をはっきり言えるよう出だしを何回も練習した。

「只今ご紹介いただきました東海セラミック工業の岩崎でございます。〝自動車のエネルギーを考える〟と題して講演させていただきます」

出だしがスムーズなら波に乗れる。六十歳を迎えた経験豊富な岩崎も緊張した。一〇〇点満点ではなく五〇点を目指そうと思った。

「全世界に十億台以上ある自動車のパワーソースは内燃機関が主流であります。一般的にエンジンと呼ばれている動力源の燃料の元は石油です。皆さんよくご存じのように、ほぼ一〇〇パーセント輸入です。日本が輸入している石油（原油）は年間どれ位だと思われますか」

講演会場の大きなスクリーンにスライドが映し出された。

「資源エネルギー庁の統計年報から得られたデータですが、二〇一一年と少し古いですが、二億二千万キロリットル、重量で約二億トンです。どこから購入しているかご存じですか」

新しいスライドが映し出された。

「ずばり、中東地区、依存率は八二パーセント。最大の輸入先はサウジアラビアで全体の三四パーセント、次いでアラブ首長国連邦二五パーセントとなっています。このデータは二〇一五年石油統計から得たものです。オイルショックなどの影響でリスク分散型の必要性が認識され、中東以外からの購入もあります。例えば中国ですが、経済発展と共に自国の原油消費が増大、輸出できなくなり、二〇一三年にゼロになりました。そんな理由

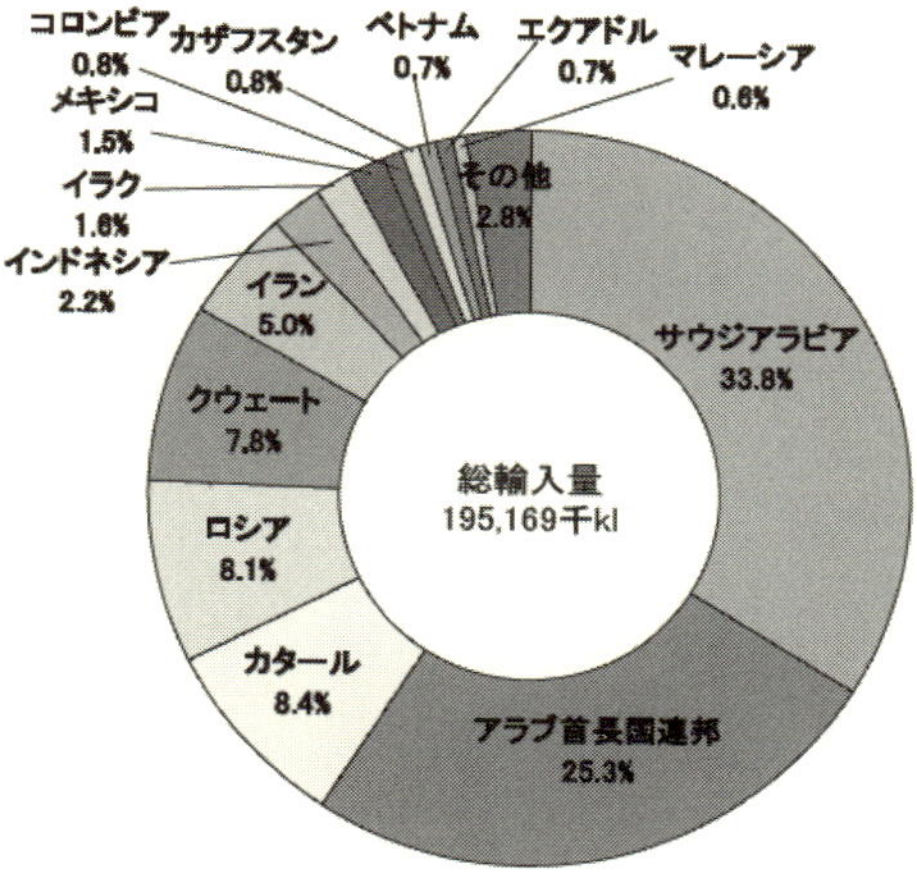

原油の国別輸入先（出典：資源エネルギー庁 HP）

もあって中東依存率が相変わらず高くなっています。

皆さんもよくご存じの通り、政情不安定な中東からの購入です。自動車産業をこの先も末永く繁栄させるため、原油を過不足なく常時確保し、国内に供給し続ける努力をしなければと思います。次のスライドをご覧ください」

新しいスライドが映し出された。

「自動車の命とも言える原油はどのような経路で運ばれて来るかご存じですか。中東で生産された原油はタンカーに積まれ、ペルシャ湾を出るとインド洋からシンガポールのマラッカ海峡を通過し、約一万二千キロの道程を二十日間かかって運ばれて来ます。積み下ろしに五日間かかるとして往復五十日になります。

国内で消費する二億トンの原油を運ぶには二十万トン級のタンカーが一〇〇〇隻必要です。年間二億トンを一年の日数三六五で割ると約五十五万トン、二十万トン級のタンカーが三隻必要です。ということは日々このオイルロードと呼ばれる海域に、巨大タンカーが一五〇隻も運行していることになります。

ペルシャ湾に地雷が敷設されたり、マラッカ海峡に海賊が出没したり、巨大台風に襲われたりして、原油が止まったら自動車産業は壊滅的です。次のスライドをご覧ください」

新しいスライドが映し出された。

「一九八一年から二〇一三年の間、三十二年間の日本の貿易収支ですが、二〇一〇年まではずっと貿易収支は黒字でした。二〇一一年の東日本大震災以降赤字に転落です。何故赤字になったのでしょうか。

八〇年代後半からのバブル景気崩壊後も、阪神大震災後も、リーマンショック後もずっと貿易収支は黒字でした。原発が止まって関東地方は停電に見舞われます。東京電力へ他の電力会社か

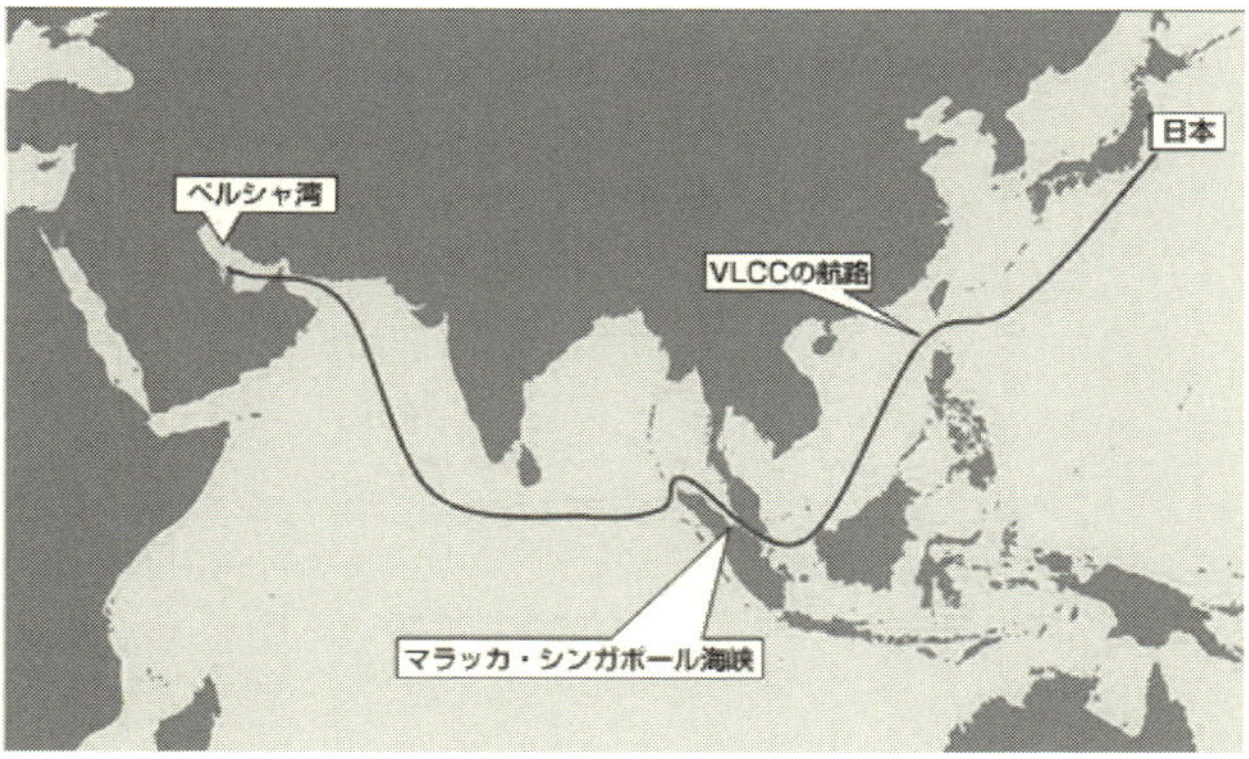

原油が運ばれてくるルート（出典：出光タンカー HP）

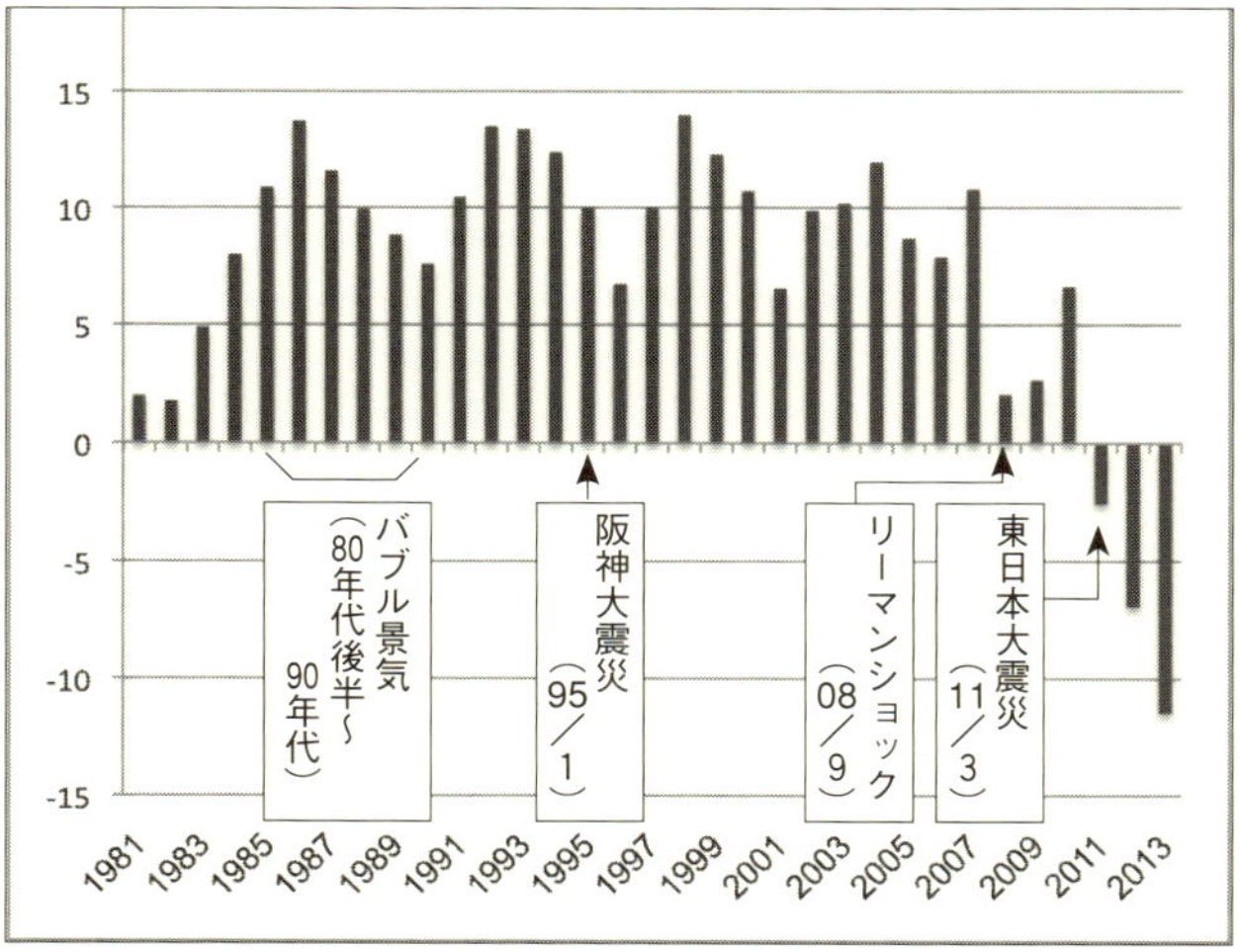

貿易収支（財務省貿易統計データをもとに作成）

ら配電が行われました。中部電力と東京電力では周波数が異なるため、苦労されたようです。

大震災が起こった二〇一一年まで、リーマンショックや阪神大震災など災害が発生しても貿易収支は黒字でした。それだけ災害規模が大きかったのも原因でしょうが、やはり日本にある五十四基の原発全てが運転中止になったからだと思います。日本の電力の三分の一も賄っていた原子力発電所が発電を停止した、この要因が大きかったと考えられます。次のスライドをご覧ください」

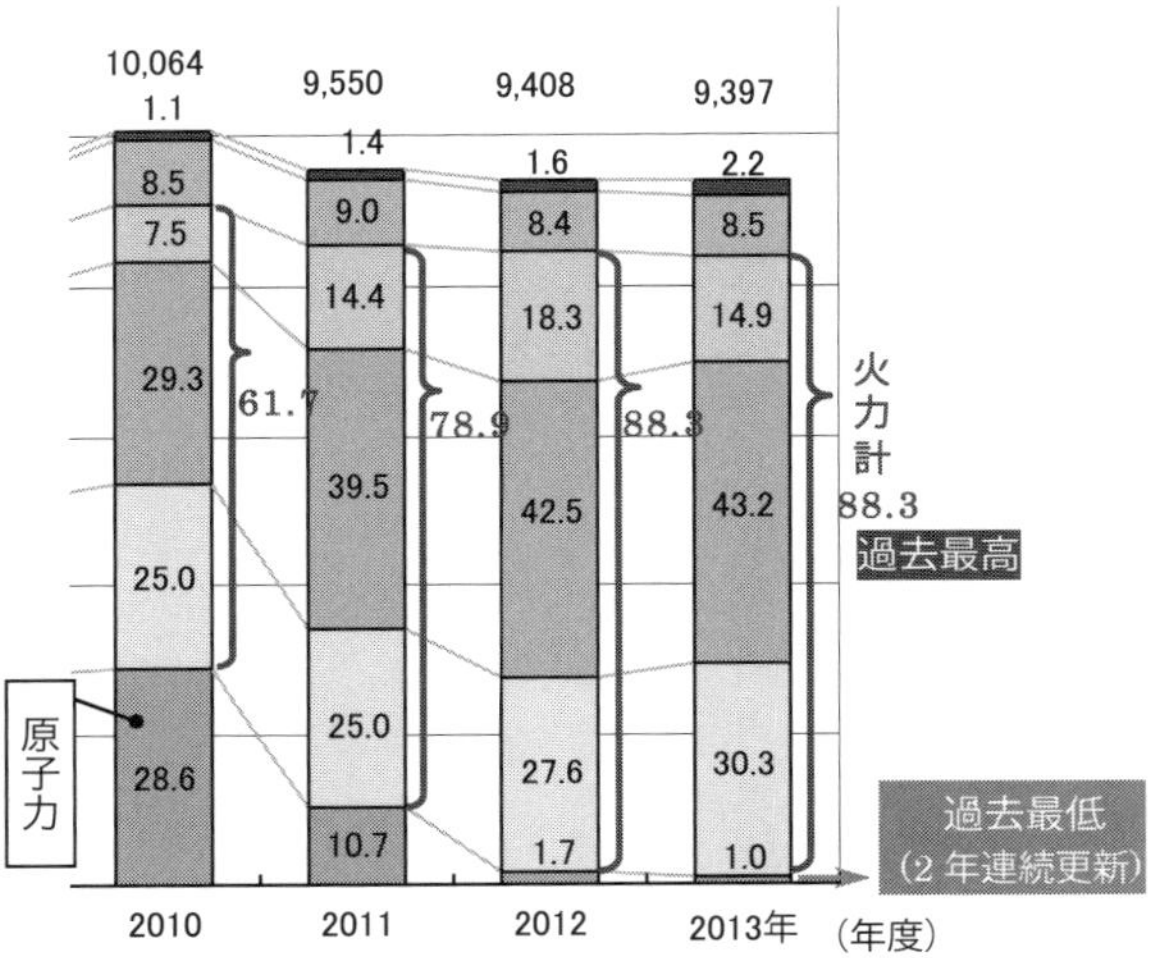

電源別電力量構成（出典：電気事業連合会 HP）

次の新しいスライドが映し出された。

「自動車のパワーソースの一部となった電気モーター、電気の力で走る自動車が出現しました。プラグインハイブリッド車など家庭の電力を電池に貯蔵して走る車もあります。電力使用車はこの先増加する勢いです。

この電力、三〇パーセント近くが原子力発電で賄われていました。震災以降、原子力発電所は全て閉鎖、皆無となりました。

原発なき後を支えたのは火力発電でした。過去最大の貿易赤字に転落した二〇一三年、火力

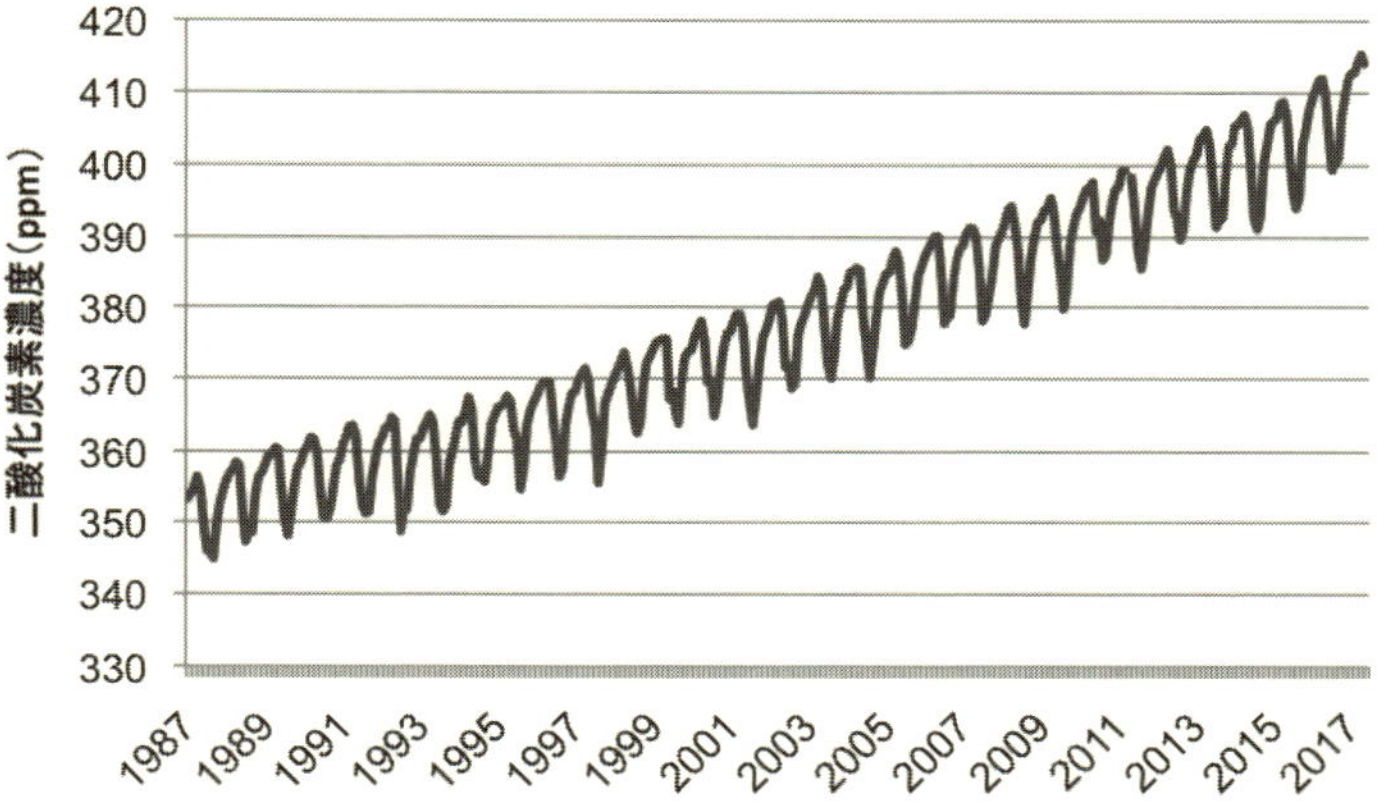

二酸化炭素濃度の推移（気象庁 HP のデータをもとに作成）

発電の占有率は九〇パーセント近く、火力発電主体の電力構成になりました。この年、原油の輸入額は過去最高の百八十億ドル以上、日本円で十八兆円、火力発電の燃料は石油以外、天然ガス、石炭、これら全てが輸入です。日本で消費する化石燃料はほぼ一〇〇パーセント輸入です。自動車が消費する化石燃料はその一部ですが、戦争など何か不測の事態が起これば、エネルギーの確保が困難になります。そして貿易収支が赤字大国になれば、原油など化石燃料の輸入が不可能になります。今の日本の繁栄を支えている豊富な化石燃料の輸入が、ある日突然途絶えたら、我々はとんでもない状況に立ち至り、我々の未来はありません。こちらのスライドをご覧ください」

新しいスライドが映し出された。

「原発を止めたことでもう一つ問題があります。地球温暖化への加速です。このスライドは皆さんよくご承知の大気中に含まれる二酸化炭素の濃度推移を示しております。蒸気機関を発明したワット以来、私たちは物を燃やして動力を得てきました。内燃機関がまさにそれです。燃やせば二酸化炭素が発生します。その濃度が、季節ごとの変動はありますが、全体として右肩上がりの直線的な増加です。二酸化炭素は温室効果ガスとも呼ばれ、地球の温暖化を加速しております。東京の気温がここ百年で四度近く上昇しました。火力発電への移行は温暖化を加速する最悪のシナリオです。

貿易収支も赤字に転落、中東で戦火が激化したり、ペルシャ湾が地雷で封鎖されれば、あるいは化石燃料価格が高騰すれば、エネルギー確保に多くのリスクを抱えてしまいます。今は、ガソリンスタンドへ行けば幾らでも好きなだけ給油できます。ですが、いつまで続けられるでしょうか。こちらのスライドをご覧ください」

次のスライド（二〇頁写真）が映し出された。

「陸上自衛隊中央特殊武器防護隊の方が三月十八日に撮影した、福島第一原発三号機に放水する自衛隊の消防車の写真です。この写真を見てどう思われますか。震災の七日後です。技術の粋を集めて建設された原子力発電所が、壊れたから消防車の放水で冷却とはどういうことか、唖然としました。この映像を見てつくづく技術の限界を感じました。自分も技術屋の端くれですが、人が構築してきた技術の塊も自然の脅威には勝てないと思いました。福島原発崩壊の後始末を見て、さらにその感を深めました。もしこれが火力発電所だったら壊れた設備は解体除去され更地になっているでしょう。それが消防車での放水冷却ですから……。

科学技術の側面から冷静に判断すると、原発は、危険性が多すぎて社会に受け入れられない発電システムである、という結論が得られます。その中で一番危険な性質は、原子力燃料棒は常に冷却し続けないと加熱、溶解、ときには爆発するということです。まさに小型原子爆弾へと変貌してしまいます。東北大学の小浜泰明先生の著書『これからの正しいエネルギー知識』に書かれていました。日本には五十四基の原発があります。動かそうと思えば稼働できます。稼働できる設備がそこにあれば動かして生産したい、製造業の企業人なら誰もがそう思います。もったいない、動かせる設備がそこにあるのに。安全なら企業人の自分も稼働させたい、これが本音です。

福島の原発崩壊は世界観や人生観まで変革する衝撃的な事故でした。私も人生観が変わりました。技術には限界があると思うようになりました。企業人として、社会に貢献しなければいけないと思うようになりました。社会貢献の見地から見て、自動車のエネルギーはどうあるべきかを考えました。原発が崩壊して多くのエネルギーは化石燃料にシフトしました。全ての化石燃料は海外からの調達です。

燃費の良い自動車、燃料を節約できる自動車、今はそれしかできませんが、長期的には化石燃料を使用しない動力源の構築が必要だと思います。他国に頼らない自国で生産したエネルギーで自動車を走らせる。夢のような話ですが、自動車技術会の皆さんの叡智と努力があれば実現できると思います。

降り注ぐ太陽光

燦々《さんさん》と降り注ぐ太陽のエネルギー、遠く一億五千万キロも離れた太陽の恵みは世界中すべての人々に平等に降り注いでいます。この先も何十億年も続きます。太陽からもらったエネルギーは大気を汚染せず、温暖化も放射能の脅威もありません。自動車も太陽のエネルギーをもらって走る、そういう時代が訪れると確信しております。

本日はわかり切った話ばかりで恐縮いたしております。自動車のエネルギーを安定して確保することは、決してたやすいことではありません。しかし、油断すれば日本は沈没します。日本の自動車産業がこの先もますます繁栄しますよう、そして本日お集りの皆様にとって、豊かで充実した日々を迎えられますよう願って、終わりといたします。ご清聴ありがとうございました」

第十三章　米国デトロイトで働く

瞬く間に十日が過ぎた。朝から真夏の太陽が眩しく輝いている。今日も暑くなりそうだ。

「副社長、おはようございます」

秘書室長の長嶋が、出社してきた岩崎に挨拶した。

「部屋に冷房入れておきました」

岩崎の個室は東側に窓があり、ブラインドを下げていても日差しが入り込み、暑くなる。

「ありがとう」

偉くなると社員の皆が気を使ってくれる、ありがたいことだ。

「昨日、社長から伝言がありました。本日出社されたら社長室に来るようにと。お話されたいようです」

長嶋が言った。

「わかった、ありがとう」

社長に昇進した中村は用があっても自分からは出かけない、呼びつけるのが常だ。専務の時代もそうであったが、頂点に立った今は態度が一段とでかくなった。頭ごなしである。

「中村さん、おはようございます」

社長室のドアをノックし、岩崎が言った。

「おはよう。君、またとんでもない講演をやったそうだな」

挨拶も早々、社長の中村が立ち上がって言った。

「まあ座ってくれ」

二人は向き合って座った。

「自動車技術会の特別講演のことですか」

「そうだ、勝川君から聞いた。彼も憤慨していた」

六月の株主総会で専務取締役営業本部長に昇進した勝川である。講演を聞きに来ていた技術部の社員から聞いたようだ。

「太陽からもらったエネルギーで走る自動車の時代が来ると大見得を切ったそうだな。内燃機関を悪玉呼ばわりして、いい加減にしてもらいたいね。中東から輸入原油はリスク過大、「油断」の危機とか講演したそうだな。君はシェールガス革命を知らんのか。アメリカのシェールガス革命だよ。ガソリンはアメリカからいくらでも買えるようになる、原油危機など起こらない。我が社のマーケットを収縮させるような発言は慎んでもらいたい。いいね」

中村は一方的に発言して席を立とうとした。

「中村さん、僕の話も聞いてください」

席を立とうとした中村に両手を上げて制した。

「この新聞記事を見てください」

いつも持ち歩いている資料の一部を中村の前に差し出した。

「中村さん、いいですか。このまま何もせず温暖化効果ガスを排出し続けると、九メートルもの海面上昇があると報じています。全世界で六億二七〇〇万人が暮らしている土地が水没です。日本も周囲を海に囲まれていますから多くの都市が水没、我が社がある名古屋も半分以上水没します。大変な事態です。米国の非営利研究組織クライメート・セントラルというところの研究発表ですから信憑性があります」

岩崎は真剣な顔つきで新聞記事を説明した。

「岩崎君、君は代表取締役副社長、経営のトップだ。馬鹿だと思わんかね、こんな新聞記事に惑わされて。本社が水没するだと、何年先だ。もしそうだとしても百年も先のことだ。百年先を考えている経営者がいるか。僕も君も任期は長くて五年だ。温暖化で名古屋が水没するなんて、金輪際起こるはずがない。本当に馬鹿な男だ」

中村が大粒の汗を顔面に浮かべて言った。怒りの表情だ。

「平塚先輩から企業責任の話を聞きました」

中村に罵倒されても岩崎は冷静だった。

「平塚先輩、専務で辞めた技術者だった平塚さんか」

「そうです。代表取締役になったら社会に貢献する企業を目指せとアドバイスを受けました。

トップの自覚が必要だと」

「相変わらず君は理想を追い求める技術者阿呆だ。退職して仙人のような暮らしをしている元上司、仙人の戯言《ざれごと》だよ。よく聞いておれるな。いいか、関連企業を入れると、海外工場も含めて我が社の社員は二万人もいるのだ。飯をくわせにゃならん。生活がかかっているんだぞ。会社が倒産したら二万人が餓死、死なせてもいいのか」

「ですから、セラミックの燃料電池ですよ。備えあれば患いなし、諺通りです。今の収益を燃料電池開発、商品化、量産化、販売経費に投資すべきだと進言します」

「また燃料電池か。マーケットがない、商品もできていない。早くて三十年後だ。今の君の仕事は米国ビッグ3。お客さんに奉仕、シェア拡大、ライバル、ボッシュを蹴落とすこと、燃料電池は部下に任せればいい。君の得意なプレゼンテーションで、我が社製品がいかに優れているか内外に広める、それが君の仕事だ」

企業の社会貢献以前に自社の社員が路頭に迷う事態は避けねばならない、トップとはそういうものだと中村は力説した。

「燃料電池を商品化して量産、販路を拡大すれば、社会貢献、温暖化防止に寄与できます。我が社ならそれが可能で、社員を路頭に迷わせない唯一の戦力です」

「君がしつこく言うから、販売実績もないのに燃料電池を事業部に昇格させた。文句ないはずだ」

「販売ゼロの事業部なんて事業部ではありません。損を覚悟で売り込むべきです」

「馬鹿な、何様だ、甘ちょろい。君は経営者のトップだぞ。収益の見通しも立たない燃料電池ビジネスなんぞに、損を覚悟で売り込むなど認めないぞ。絶対認めない。儲かる見通しもない現実を直視したらどうだ。君は開発責任者ではない、経営のトップなんだ」

「やってみなければわかりません。やり遂げる熱意さえあれば可能です」

「熱意だと、君は少しもわかっとらん。早々アメリカへ出張、早く行け」

中村は勢いよく席を立った。

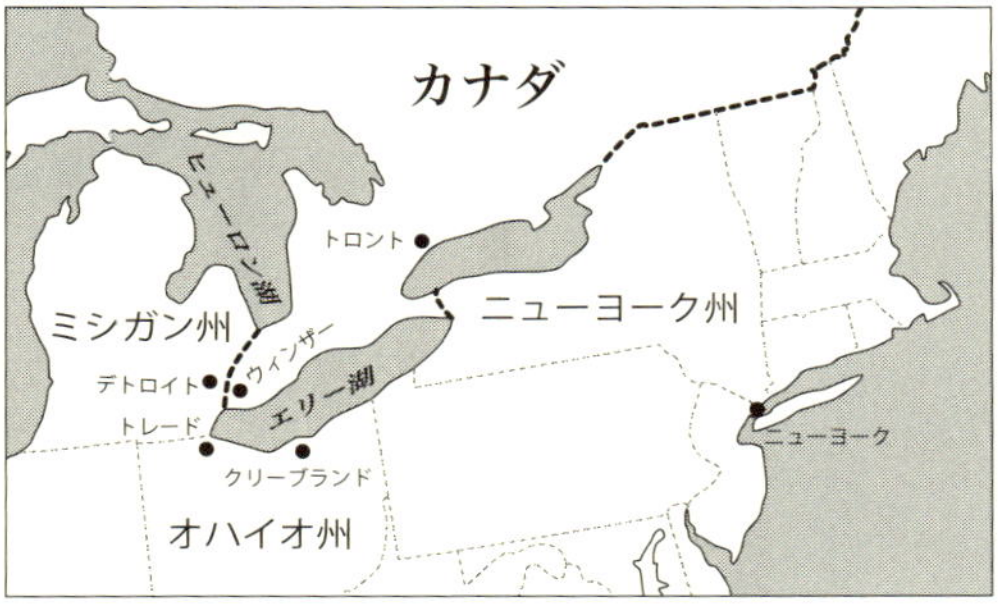

デトロイト周辺の地図

デトロイトは米国ミシガン州南東部にある都市である。南北をエリー湖とヒューロン湖に挟まれ、東はカナダのウインザー市に接している。海底トンネルを抜けるとラスベガスのような華やかな賭博街が広がる。一九〇三年、ヘンリー・フォードが量産型の自動車工場を建設、自動化ラインでT型フォードを量産、空前の大ヒットとなり、全米一の自動車工業都市となった。さらにゼネラルモーターズ（GM）とクライスラーが誕生、フォード社と共にビッグ3と呼ばれた。市はモーターシティと呼ばれ、東海セラミッツ工業は岩崎が入社する以前から事務所を構えていた。その後、技術センターも建設された。

東海セラミック工業のような自動車部品会社以外にも、多くの自動車メーカーが拠点が設けていた。新年早々に開催されるデトロイト・モーターショーは有名で、岩崎も何度か自社のブースに案内役として出張した。

SAE（アメリカの自動車技術会）の総会や講演会が一月に開催され、日本からも自動車メーカーや自動車関連企業の技術者、研究者が講演を行った。岩崎の部下も何回か講演者となった。SAEでの論文講演は励みになった。自動車王国アメリカ、そのデトロイトでの講演である。岩崎も一度だけ経験した。

デトロイトからハイウェイ七五号線を南下するとトレードに至る。そこから東方に進路を変えてオハイオ州に入り、有料道路と併設された九〇号線を百キロほど走るとクリーブランドのダウンタウン、エリー湖の畔に東海セラミック工業の米国工場がある。操業開始は一九八一年だから三十五年の歴史である。主力製品はエンジン部品、納入先はフォード等ビッグ3で、売上金額は全体の二〇パーセントにもなる。顧客リスト一番である。

「明日の午前十時からフォードの技術センター、午後三時からGM社、明後日の十時からクライスラー社、今は社名が変わりましたが、ご挨拶とプレゼンテーション、よろしくお願いいたします。プレゼンが終わったらフォードのミュージアムでも久しぶりに覗かれますか」

デトロイト所長岩村が岩崎に頭を下げた。久しぶりの自動車の街デトロイト訪問である。デトロイト所長も気を使っていた。代表取締役副社長の出張である。

「いや、工場を見せてもらうよ。海外では一番大きな工場だし、工場長のウイリアム・テーラさんにも会いたいし、出向者の皆さんにも」

岩崎は客先訪問を第一と考えていた。

「ありがとうございます、そうしていただければ出向者も喜びます」

「ところで岩村君、フォードの燃料電池車、販売されそうですか」

「フォード社よりGM社が進んでいるようです。カナダのバラード・パワー・システムズ社と技術提供して、試作車が何台も公道を走っているニュースが報道されております」

「GM社が先かね、東海自動車さんは昨年、市販を開始した。日本が先を行っているね」

「自動車技術のデトロイト街と言われたそうですが、ドイツや日本に負けているようです」

「所長、アメリカは電気自動車です。シリコンバレーのIT企業が始めた電気自動車、すごい人気です」

日本から出向している若いエンジニアが口をはさんだ。

「テスラモーターズでしたか」

岩崎が言った。日本でもたびたび報道されている。

「僕もテスラモーターズのスポーツタイプの車、乗ってみたい」

出向社員が言った。

「シリコンバレーに世界中から優秀な人材が集まっているようで、電池の開発も進んでいると聞いています。IT企業が自動車製作ですよ、人気は抜群」

岩崎も聞いていた。テスラモーターズの総資産がGM社を抜いたと報じていた。株価が高騰したせいだが、天下のGMを越えたとは驚きである。燃料電池車より電気自動車が先行しているアメリカはこの先どこへ行くのか、ひょっとしてシリコンバレーが自動車の研究拠点、そんな事態は来ないだろうか。

フォード社を始めGM社などビッグ3の技術部門ではクイックレスポンスの新開発、酸素センサーについてプレゼンテーションを予定通り行った。英会話が未熟な岩崎は汗だくである。おまけにデトロイトの七月は暑い盛夏の中だ。

夏は暑く冬は寒いデトロイト、一月の平均最低気温はマイナス七度、最低はマイナス二九度にもなる。積雪もあるし、ハイウェイはしばしば凍結する。ダンプカーで凍結防止の岩塩を撒いている情景を何度も見た。

「お疲れ様でした、副社長。自らプレゼンしていただきありがとうございました。アメリカのCEOはやりませんから大歓迎でした。電気自動車が話題に上りますが、まだまだ主流はレシプロエンジン、ガソリン車です。燃費がよく、排気ガスがクリーンなガソリンエンジンの技術開発は続きます。ありがとうございました」

デトロイトの所長、岩村が頭を下げた。

「幾つか質問もあったし、ガソリンエンジンは改良に改良を重ねられ、皆さん熱心にやっておられるようだ。我が社も当分安心だな」

中村社長が常々言われているように、ガソリンエンジン消失の危機など、微塵も感じられなかった。

「クリーブランドの工場も増産に増産が続き、絶好調です。GM系のライバル社が操業を停止しましたから棚から牡丹餅、点火プラグの生産数は倍増です」

日本と米国間の貿易摩擦は今も継続してある。米国製と認可されるには現調率が問題となる。日本の各社は重要部品のみ取り寄せ、多くを米国内で調達、組み付け完成のノックダウン生産である。一〇〇パーセント現調率では本社に貢献できない、付加価値を付ける必要がある。

「いいねえ、絶好調か。我が社は安泰だな」

「クリーブランドの工場はいかがでした」

岩村所長が嬉しそうに言った。

「ウイリアム工場長、元気そうだった。六十七歳になられた。アメリカは定年がないから元気なら働けるね。彼も七十歳までは働かせてほしいそうだ。彼のようなベテランがいてくれれば安心だ。よろしく頼むとお願いしたよ。アメリカはいいねえ、豊かで、広大で。人の心まで温かくする」

久しぶりにアメリカに来て雄大さを実感する岩崎だった。ここにいれば地球温暖化などまったく感じない。有り余る包容力に包まれる。

「そうでもないですよ、副社長、完璧なところなんかはありません」

「昔から、住めば都と言うじゃあないか」

「確かにそうですね、住み易いアメリカです」

第十四章　巨大台風、川内市に上陸

　暑かった夏も過ぎて秋風が吹くようになったが、日本近海の海水温度が高くなったせいか、九月下旬になっても海から吹く風は湿気を帯《お》びた熱風だった。東海セラミック工業株式会社は、名古屋港の岸壁から直線距離で七キロメールほど離れているから海流風を直接感じないが、残暑が続いていた。暑いのが苦手な岩崎は連日汗だくだった。

「デトロイトで活躍したそうだな、岩村君からレポートが届いた」

　前触れもなく突然中村社長が岩崎の個室にやって来た。上機嫌だった。

「出張報告しましたが、何か不都合でも」

　岩崎は慌てて席を立ち言った。中村社長が来るとは思いもよらなかったからだ。

「ビッグ3の評判も良かったそうだ。プレゼンは君の特技だな。クリーブランドの工場長も喜んだそうだ。増産、増産、いいね。君のお蔭だ、岩村君が褒めていた」

「アメリカもガソリンエンジン全盛のようで、中村さんの御推察通りでした。我が社は安泰、出向者も現地採用者も安心して業務に邁進しております」

「自動車大国アメリカ、車の街デトロイト、まあ当分ガソリン車だよ」

自分が出張してから二ヵ月も過ぎたのに、なんで今頃わざわざ来られたのか。

「シリコンバレーで突如登場したテスラモーターズ社の電気自動車、アメリカでも話題になっていたかね」

中村が珍しく電気自動車を話題にした。

「うちの社員も欲しいと言っていました」

「うちの社員が欲しいだと。一回の充電で三百キロしか走行できないスポーツタイプの電気自動車、あんなものは一時的な流行だ、七万ドルもする車だよ、誰が買うか。じゃあな、ご苦労さんでした」

中村は一分もいず、直ぐに出て行った。立ち話であった。急に訪ねてきた中村社長の意図が読めなかった。電気自動車が気になったのか……、たぶんそうだ。

「まあいいか、気分屋の中村さんだ。一回の充電で三百キロも走行可能とはたいした実力だ。ゼロエミッション規制のカリフォルニア州、普及は間違いないな」

岩崎は自問自答した。三百キロしか走れないと中村は言ったが、岩崎は全く異なった認識だった。三百キロも走行できたら素晴らしい電気自動車だと思えた。おそらく強化プラスチックなど樹脂製の機材が多く使われ、軽量化が進んだ結果だろう。電池性能がさらに向上したら、ガソリン車の強敵になる。電気自動車なら既存の技術の集合体だから、普及が加速するはずだと思った。問題は燃料になる電力をどう賄うかだ。原発が停止している日本では火力発電が全盛、石炭や天然ガスを燃やせば二酸化炭素が大量に発生する。

東海セラミック工業の海外工場はブラジルをはじめ東南アジアやヨーロッパ、韓国、中国など多方面で稼働していた。これらの工場から出荷される金額は逐一社長室のパソコンに報告されていた。売上金額の七五パーセントが海外の顧客であったから、営業本部長の勝川も海外の収支を毎日中村に報告していた。いずれの工場からも増産報告が続いていた。社長に就任したばかりの中村にとってフォローの風が吹いていた。幸運なスタートである。

「伊佐川君、中国の無錫工場の現調率、どうなったかな」

役員一同が集まって取る昼食の席で中村社長が質問した。中村は、昼食会では滅多に仕事の話はしない。ゴルフや旅行や政治情勢など気楽な話題に努めている中村にはが珍しい。

「部品点数では八割弱、金額ベースでは六〇パーセントほどです」

森川専務の後釜に座った専務取締役に昇格した伊佐川が緊張した声で答えた。

「アメリカを抜いて中国の自動車販売が急増していますが、フォルクスワーゲン社やＧＭ社、そして日本の自動車メーカーもあります。これらを除いた純現地生産車、我が社の部品はどれぐらい使われていますか」

本社総括経理担当常務の伊藤が珍しく質問した。こういう席で本社の事務系役員が発言するのは異例である。

「今年の中国の自動車生産台数は二五〇〇万台以上、日本に比べて六倍強、すごい量です。このうち純粋な中国産は半分以上だと思いますが、残念ながら中国産には我が社の製品採用率は低調です」

販売本部長の勝川が説明した。昼食の場が販売会議のようになった。中村社長になってから、こういう昼食会でもたまには仕事の話をするようになった。

「中国の自動車生産がアメリカを抜いたのはつい最近のことですが、世界第二の経済大国になってずっと気になっています。大気汚染です。偏西風に乗って日本各地にやって来るPM2.5の被害です」

岩崎が大気汚染とPM2.5を話題にした。

「二酸化炭素じゃないのか」

中村が揶揄する口調で言った。岩崎の持論だったからだ。

「PM2.5を日本全土にまき散らして怪しからん、まったく」

経理部長の伊藤が言ったので岩崎は驚いた。大気汚染など無関心だと思えたからだ。

「自動車が沢山走り廻ればPM2.5もそうですが、やはり温室効果ガス、二酸化炭素の排出です。中国を含めて世界各国、このまま何も手を打たず野放し状態を続ければ、地球の平均温度が四度以上上昇、海面水位が八メートルも上昇して、我が社の本社は水没、異常気象の頻発で経済損失は国家予算を凌駕します」

岩崎が発言した。

「おいおい、岩崎君、君は大げさだよ、そんな時代は来ない」

「そうならないよう、前もって怖い予告をする。善意です、社長」

「そう言えば今朝の天気予報で、南太平洋洋上に台風十六号が発生したそうです。進路はわかりませんが、巨大台風になるとの予想です」

経理部長の伊藤がまた発言した。

「また来るかね、直撃したら順調に育っている家庭菜園が全滅だ」

営業本部長の勝川が発言した。家庭菜園をやっているから気がかりだ。社長が替わると昼食の雰囲気も違ってくる。


生温かな南風が勢いよく吹いている午後、研究所の武村の席に岩崎の姿があった。今にも大粒な雨が落ちてきそうな曇り空である。

「燃料電池の進捗状況を教えてほしいと思ってね」

岩崎が武村の席で言った。

「燃料電池事業部の方がよろしかったのではありませんか、ご連絡いただければ…tねん」

「研究所に長いことといたからここへ来ると気が安らぐ。物知り博士の武村君と話がしたくてね」

「ありがとうございます、副社長にそう言ってもらうと光栄です」

「また台風が来るらしいな」

「十六号ですね。台風は今年、もう五回も日本を直撃。今度は九州の川内市に上陸しそうです。あそこには、数少ない稼働している原子力発電所がありますから心配です、巨大な高潮が来襲したら、冷却機能が高潮を被って停止、メルトダウンになりかねません」

海岸沿いにある川内原子力発電所
（出典：九州電力 HP）

「おいおい脅かすなよ」

「まあ冗談ですが、福島の二の舞いはしませんね」

「原子力の専門家だからな、君は」

「ところで岩崎さん、台風の定義、ご存じですか。中心が、北西太平洋の東経一〇〇度線から一八〇度経線までの北半球に存在するものを台風、北インド洋と南太平洋にあるものをサイクロンと言って、このうち最大風速が三十二メートル以上をハリケーンと呼んでいます」

「ハリケーンか、アメリカでもそう呼んでいたな。武村君、今年も十六号と多数発生、しかも強大なスーパー台風が、年々頻度も大きさも増しているように思えるが」

「日本近海の海水温度が上昇しています。温暖化の影響です」

「温暖化が影響しているかね」

「影響ありですね。夏から秋にかけて発生した台風は貿易風の影響で西寄りに北上、太平洋高気圧の縁に沿って移動、偏西風の影響で東寄りに北上、日本近海にやってきます。海水温度が二十六度以上ですと高温の海面から蒸発する水蒸気を放出する潜熱が原動力となって、衰えることなく日本列島に上陸、海面の温度が重要で、温暖化の影響ありです」

「君はなんでもよく知っているね、感心するよ」

「まあ一般論ですから、昔でも巨大な台風が直撃して十万人も死んだという記録もあります。温暖化など無縁な時代でしたが」

「温暖化と騒いでいるが、ゆっくり、ゆっくりだからな」

「東京の平均気温の上昇は四度ですから、異常です」

「四度も上昇か」

「台風は北上して来ますから、沖縄とか、九州鹿児島など南の方ほど勢力を保ったまま上陸、被害が大きくなります。しかも温暖化が進み海面温度が高いと、高温の海面からエネルギーを補給しますから衰えません、勢力の強いまま日本列島を直撃です。被害が増大するでしょう」

「巨大台風の直撃率増大か、困ったことだ」

「ところで岩崎さん、温暖化のメカニズム、ご存じですか」

武村は親しみを込めて岩崎さんと言っている。

「なんとなくわかっているつもりだが」

「二酸化炭素やメタンなど温室効果ガスは大気圏を形成している高度百キロメートル前後の気体の層に含まれています」

武村が地球温暖化のメカニズムと表題の絵を指さしながら言った。

「この絵は、素人にもわかり易い解説用、誰かに説明するのに重宝かと写しておきました」

「おいおい、わたしは素人かね」

「太陽からの光が地球に減衰しながら入って来ますね、地球はそうやって受け取った太陽光エネ

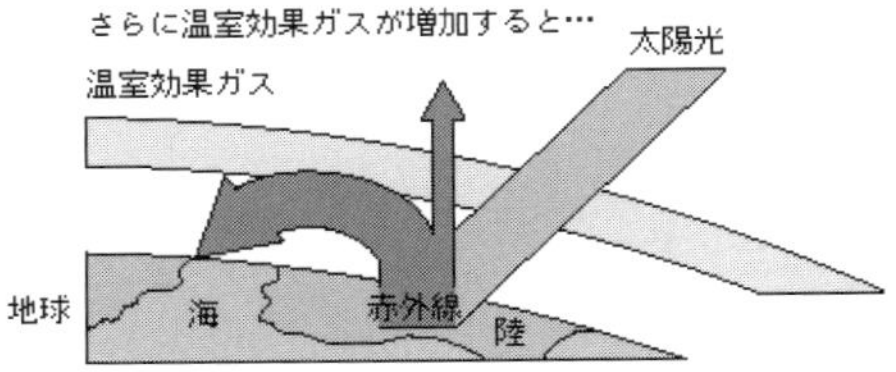

地球温暖化のメカニズム
（出典：エネルギー庁 HP）

ルギーの一部を反射し、残りはいろいろな形で吸収しています。ここが大事なところですが、赤外線として再放出します」

「わかりにくいな、再放出だって。大気の九八パーセント以上は酸素と窒素だと言われているよね」

「その通り、ごく僅かですが二酸化炭素などの温室効果ガスが含まれております。ですがこの僅かな温室効果ガスが、バランスを保つという必要不可欠な役割を果たしております」

「必要不可欠な効果を果たしている」

岩崎は温室効果ガスが必要不可欠なガスだと初めて聞いた。理解できなかった。

「岩崎さん、よろしいですか。毒を持って毒を征すという諺がありますが、自然界には無駄な物はひとつもありません、温室効果ガスも役に立っています」

「不可解だね、わからんよ」

「赤外線として再放出すると話しましたね。もし二酸化炭素などのガスがなければ地表を離れて発散、宇宙へ放出してしまいます。結果、地球は寒く冷え切って生命は維持できません。温室効果ガスは分子構造が大きく熱の一部を赤外線という形で閉じ込め、大気中を循環させています」

「この絵の折れ曲がっている矢印がそれかね、大気圏で赤外線を弾き返しているようだ」

岩崎が絵を指さして言った。

「分子構造の大きい温室効果ガスがバランスを保っていてくれるおかげで、極端な高温や低温になることもなく、生存に適した地球環境になっています」

「宇宙へ発散する赤外線の量をコントロールしているのか、知らなかった」

「バランスです、副社長。気候変動の重要なポイントです。二酸化炭素などの濃度が上昇すれば閉じ込められ熱が増えすぎ、大気圏という温室の中の地球は気温が上がり過ぎ、激しい気候変動が起きやすくなります。平均気温が二、三度上昇するだけで大変な災害が発生します。産業革命以降、二酸化炭素の濃度は右肩上がりで上昇です。燃料を燃やすことで人類はその割合を増やし続けてきました。今にきっとその付けが降りかかってきますよ」

「武村君、僕もそれを危惧しているが、困ったよね。我が社存亡の危機になるからな」

「温室効果ガスの濃度が増えれば、宇宙へ放散する熱量が少なくなり地球の温度は高くなります。要はこのバランスです」

「要はバランスか、皆が燃やすからバランスが崩れる、そう言われてもなあ」

「点火プラグ製造会社の副社長が燃やすなとは言えませんよね、困りましたね」

「武村君、結局のところ温室効果ガスが増えた原因は燃やす量の増大なんだよね」

「人為的な二酸化炭素の増加には二つの要因があると思います。人口の増加と収入の増加です。ここ六十年で世界の人口は三倍に増加しました。人が増えれば使用するエネルギーも増えますね、世界のＧＤＰも三倍に増えました。収入の増加でエネルギーの使用も増加します」

「親父さんの時代は火鉢で暖を取っていたが、今はさまざまな暖房がある。暑くて汗だくだったが今はエアコンがある。親父は海外旅行もしなかったが、誰でもジェット機で海外旅行に出かけられる。宅急便で世界各地から荷物が届く、これもみんな地中に埋もれていた炭素を掘り起こし、燃料にして、燃やして大気に放出したからだ。しかし、わかるが豊かさは手放せんからな」

「岩崎さん、まだありますよ。大規模な森林伐採です。二酸化炭素を吸収して貯蔵に役立っていた森林の消失です。貧しい人々が燃料に使える木を切ってかき集め、燃やして煤を舞い上がらせています。二酸化炭素を吸収する植物の減少も温暖化を促進しています。放っておけば、異常気象で肥沃な大地は死の砂漠に替わり、猛烈な台風が生じ、どんな保険金でもそれを補うことができないほど、破壊的な経済消失を招く事態に至る可能性があります」

「武村君、まあそれぐらいで勘弁してくれ」

「このまま何も手を打たなかったら世界の経済は破綻します。代表取締役副社長として、救済の具体的な提案をすべきですよ」

「困ったね。燃やすなと言われたら我が社は倒産、消失だよ。君も失業だ」


岩崎と武村が地球温暖化を話題にした次の日、鹿児島気象台は巨大台風が川内市に上陸すると警告した。中心部の気圧は九一〇ヘクトパスカル、中心付近の最大風速は七十メートル、半径五百キロ以内は風速二十五メートル以上の暴風と報じた。風速七十メートルは凄まじい強風である。トラックをも吹き飛ばす烈風である。

気象庁が予想した通り台風十六号は夜半、勢力をやや弱めて川内市に上陸した。そして九州地方を横断、山口県から日本海に抜けて温帯低気圧になった。いつものことであるが、強風で多くの建屋が倒壊、損傷した。百ミリを超す豪雨でがけ崩れが発生、家屋が泥に埋まった。家屋の損傷が多かったが、早めの避難が功を奏して比較的人災は軽微だった。勿論原発に被害はなかった。当然である。

ＮＨＫテレビは終日十六号台風を報じた。進路の詳細な解説もあった。台風が通り過ぎた川内市内をいち早く報じた。建物の屋根が多数吹き飛んでいた。名古屋にいても手に取るように現地の状況が把握できた。防災の専門家が解説していた。被害を最小限に食い止める対処の仕方である。巨大台風から身を守る方策の解説もあった。衛星からの写真を基に報じられる進路予測は被害を軽減できる。備えられるからだ。

今後来襲する台風の予想進路の特別番組がテレビで報じられた。温暖化で日本近海の海水温度が高く、日本に近づいた台風の勢力が衰退しないと報じた。台風も太陽からもらった熱エネルギーで発生する。太陽の強い日射により海面に生じた上昇気流が上空で冷やされ、凝結に伴って潜熱を発生、周りの空気を温めさらに上昇気流、こうしてできた温帯低気圧が台風に発達する。

台風もまた、太陽熱が根本原因である。これを助長する環境が温暖化だと解説されていた。台風と温暖化は密接な関係にあると岩崎は理解した。温暖化で日本近海の海水温度がもっと高くなれば、減衰どころか強大化する。丹精込めた農作物も一瞬で崩壊する。大洪水なら肥沃な土壌は流され、農地は一瞬で石ころだらけの荒れ地となる。

休耕地を借りて家庭菜園を楽しんでいる岩崎にとっても、台風来襲は避けて通りたい。少しでも植物を育てて二酸化炭素を吸収したいと願う。ささやかな温暖化防止が不意になる。適度な雨は歓迎だが、何事にも度が過ぎては悲惨な結果を招く。巨大台風などもっての他だ。誰一人歓迎しない異常気象である。

第十五章　温暖化阻止を可能にする燃料電池

岩崎にとって変化の激しかった二〇一六年も師走を迎えた。なによりこの年は、代表取締役副社長に昇進した幸運な年であった。日本列島は三・一一のような大きな災害もなく、平穏な一年だった。中村社長になって企業業績はさらに向上した。世界の自動車生産は増産の一途を辿り、東海セラミック工業はその波に乗ることができた。営業畑出身の中村社長が積極的に営業活動を展開した成果でもあった。文字通り中村社長にとって最幸の年になった。

自動車のパワーソースは内燃機関、エンジンが主流である。一八六四年、ヘル・オットーが石炭ガス燃焼機関の実験に成功する。そして十二年後、オットーサイクルエンジンを開発、バルブ、クランクシャフト、ピストン、点火プラグ、液体燃料を燃やす現在のエンジンの基本形を確立する。ガソリンエンジンの登場である。

電力会社を立ち上げた発明王トーマス・エジソンは蓄電池車、電気モーターで走る自動車を発表した。電力会社の経営者なら当然の決断である。ところがフォードは原動機付四輪車を開発していた。原動機か電気モーターかの論争が起こったと歴史の本にある。この論争は、一九〇八年、フォードが原動機付T型フォードを商品化、量産に成功したことであっさり決着がついた。ガソリンエンジンの圧倒的勝利である。

エジソンと三十三歳のフォードが、原動機付四輪車か電動モーター四輪車かと激論したあの時代から百四十年、歴史は繰り返すという格言どおり、電気かガソリンかを問う時代が再びやって来たのである。東海自動車は電気モーターとエンジンを併用したハイブリッド車が主流になった。帝国自動車や京都自動車は電気自動車の生産を始めた。ガソリン車が主流なら岩崎の会社は安泰である。この安泰がいつまで続くのか、自動車関連企業に働く社員なら誰もが抱く危惧である。

「籠淵騒動で民新党は息巻いていますね」

総理の一言で八億円もの値引きがあったのではと、忖度問題を経理部長が話題にした。中村社長が海外出張中で留守の昼食会である。伸び伸びした雰囲気が漂っている。渡辺社長時代は緊張した昼食会であったが、年代が違わない中村社長時代になって昼食会の雰囲気は激変した。和気藹々になった。特に社長がいない昼食会は和やかである。

「民新党の美人党首、頑張っていますね」

勝川営業本部長もリラックスした笑顔で言った。国会中継のニュースを見ているようだ。

「日本で毎日消費されている原油は五十五万トンだそうですね。二十万トン運べるタンカーが日々三隻運んでくると、岩崎さん、講演されたと聞きました」

伊藤経理部長が岩崎に向かって発言した。岩崎の講演内容を誰かから聞いたようだ。

「年間二億トン消費しているそうです。日に直すと五十五万トン、ペルシャ湾からマラッカ海峡を越えて運ばれて来るようです。単純に工程が五十日かかるとしますと、日々一五〇隻のタンカーが航行している計算になります」

岩崎は得意になってタンカーの話をした。中村さんがいないから遠慮がなかった。

「毎日一五〇隻ものタンカーが運航していますか、問題ですね」

伊藤が発言した。経理部長なのに関心があるようだ。

「大問題だと思います。ペルシャ湾が封鎖されたり、マラッカ海峡で海賊に襲われたりしたら、油断《あぶらだち》ですね、日本経済は破局です。油が無くては手足も麻痺、自動車は走れませんから物流もストップ、生命の危機ですね」

岩崎は大げさに言った。日本経済の脆さを露見したかった。

「民新党は総理大臣のスキャンダルばかり論じていて大局を見ていない。この先日本をどう活性化するか、議論すべき難題は山ほどある。政治家の仕事だ、我々は必死に働いている、けしからん」

勝川専務が怒ったそぶりで言った。

「原油の輸入先はサウジアラビアが一番多く、不安定な中東の国々です。海上輸送ルートも長い。何か有事が起こったら止まりますね。もっと近いロシアから買うとか、石油を減らす根本的な政策を構築するとか、政治家の仕事をしてほしいと僕も思います」

岩崎は勝川専務と同じ思いだった。

「石油が絶たれたらガソリンエンジンは万事休す、であるから営業本部は解体です」

「勝川さん、製造部だって休業ですよ。売れなきゃあ在庫増、デッドストック、稼働率ゼロ、私も失業ですなあ」

伊佐川専務が笑いながら言った。

「伊佐川さん、笑いごとではありませんよ、我が社の存亡がかかっていますから」

生真面目な伊藤経理部長が言った。

「油が止まったら、我が社以外にも立ち行かない会社が沢山出てきます。一五〇隻ものタンカーが日々運航して成り立っていますから、日本は自転車操業です。タンカーが沈没しないことを祈るばかりです」

総理のスキャンダルを暴くことが政治家の使命と勘違いしている現行民新党に、こういう危機感を持ってほしいと岩崎も感じた。

「原油に限らず、火力発電所の主燃料天然ガスや石炭も全て輸入ですから」

経理部長の伊藤が発言した。

「伊藤さん、日本はエネルギーの九八パーセント輸入です。このことの改善が急務です」

「岩崎さん、得意なエネルギーの話ですが、これこそ政治家のやるべき仕事ですよ」

「伊藤さんもご存じでしょうが平塚先輩、岐阜県の山の中で小型の水力発電に挑戦されています。水車を廻して電気を起こし、その電気で水を電気分解、水素を造って燃料電池の燃料にすると励んでおられます」

「元専務の平塚さんが、そうですか、水力発電ですか」

「昨年現地を見学しました。再生可能エネルギーの時代が来ると実感しました。日本全土に降り注ぐ太陽光、これを活用すれば石油など海外から輸入しなくても充分やって行ける、純国産エネルギーで賄えると」

「平塚先輩は昔から研究熱心な方でしたが、今もご健在で水力発電に取り組んでいるのですか、有言実行ですね」

勝川専務が懐かしそうに言った。

再生可能エネルギー：小規模水力発電
（撮影著者）

「岩崎さん、平塚先輩が言われるような世界が来たら、我が社は本業消失ですね、困るなあ」

「勝川さん、だからこそセラミックの燃料電池なのですよ。我が社のセラミック燃料電池を、営業本部でぜひとも売ってもらえませんか」

「社長不在で良かったです。儲かるまで待てと社長の指示がありましたから。原価率は改善しましたか」

「まだ原価率を論じられるレベルではありませんが、先手必勝です。損して得を取れですよ」

「しかし、原価率二〇〇〇パーセントだそうですね、それでは販売できません。製造部門からの評価では試作段階だと思いますが」

「伊佐川君、君も物作り屋だからわかると思うが、量産してラインに載せないと原価低減は無理、原価率向上は量産がまず必要なのです」

「そう言われましても、原価率二〇〇〇パーセントでは、製造責任者としてゴーサインは出せません」

伊佐川製造本部長が発言した。

「事業部長は武村君でしたよね。彼も研究肌だから、ここは伊佐川君の出番ですなあ、伊佐川君、助けてやれよ」

勝川営業本部長が生産技術力に長ける伊佐川にふった。ニヤッと笑みが浮かんだ。

「ブラジル工場で絶縁体の生産ラインが来春早々立ち上がります。勝川さんが頑張ってどんどん販路を拡大されますから、生産技術部門はその対応に精一杯、余裕がありません」

「伊佐川君、頼みますよ、本業万々歳、まだまだ需要は止まりませんから」

「ですから、勝川さん、その収益を新商品のビジネスに投資願えませんか」

岩崎が改めて懇願口調で言った。

「岩崎さん、せめて原価率三〇〇パーセントまでいかないと。二〇〇〇では、生産移行不可です。基本設計から見直すべきかと」

伊佐川生産本部長はまだまだ商品とは言えないと断言した。代表取締役副社長岩崎が一番上位のはずの昼食会であったが、人事権のない副社長を誰ひとり支援しなかった。

ジングルベルが師走の街に流れ始め、平和な年の暮れがやってきた。中学時代から親しくしている親友からメールが来た。小学校の校長先生である。

「要件から。

小学校六年生の生徒に地球温暖化の話をしてくれませんか。同じ春日井小学校卒で出世された方にこの大事なテーマについてお願いできれば、生徒の励みにもなると。貴殿が最適任者だと思いましてメールしました。お忙しいと思いますが、二時間ほどお時間を頂きたく、よろしくお願いいたします。開催時期は年明け早々三学期の初め頃で」

小学校の先生になった丹羽道利君、岩崎の同級生で、学年で一番の優等生だった。学芸大学へ進み先生になった。企業人の岩崎とは全く異なった教育の世界で活躍している。頼まれればなんでも引き受ける岩崎である。中村さんからまた罵声を浴びそうだったが、地元で一番の出世頭、君の出番だと言われたら断るわけにはゆかない。


年が明けた一月十日春日井小学校の教壇に立った。

「おはようございます。五十年前春日井小学校を卒業した岩崎と申します。こちらの校長先生、後ろに立っておられる丹羽道利先生ですが、彼とは同級生で幼友達です。地球温暖化について話をしろと言われ、引き受けました。日本は今、冬です。寒い季節ですが、地球全体の平均気温は毎年高くなっていまして、温暖化が進んでいます」

五十人ほどの生徒の前で岩崎が話を始めた。丹羽校長先生、担任の先生、他七人の先生方が後ろに並んで立たれた教室内である。小学生にもわかるように話せと校長先生から釘を刺されていたから、実演も交えてシナリオを考えた。まず温暖化とはどういうことなのか、温暖化が進むとどんな不都合が起こるのか、温暖化の起こるメカニズム、最近の二酸化炭素の急激な上昇、二酸化炭素ができる訳、酸化と還元、二酸化炭素を出さずにエネルギーを取り出す手段等、順を追って話そうと考えた。

産業革命以降蒸気機関の発明から人々の生活はたいへん豊かになった。耕運機や田植機の活用で農作業は楽になり、牛も馬もつらい労働から解放された。エアコンやテレビで生活は便利で快適になった。自動車でいつでもどこへでも出かけられるようになった。しかし、このことがエネルギーの大量消費という結果を生みだしてしまった。石油、天然ガス、石炭など化石燃料の大量消費、燃やしてエネルギーを調達した。燃やせば二酸化炭素や窒素酸化物の発生は避けられず、大気汚染など環境汚染、そして温暖化を引き起こす。これらをスライドを映して話をしていった。

エネルギー消費を減らすには白熱電球や蛍光灯からLEDライトに替える、エアコンの設定を適温にする、燃費のいい車を使う、いろいろあるが、根本は燃やさずエネルギーを取り出す魔法のような装置を使うことが鍵になる。魔法の装置とは燃料電池。燃料電池が普及すれば温暖化防止に役立つ可能性がある、と話を進めた。

「実験をやってみましょう」

岩崎は用意した燃料電池実験の器材を机の上に並べた。

燃料電池の発電実験（撮影著者）

「こちらが水素ガスが充填された水素ガス缶、ボンベです。簡易ガスコンロの燃料ガス缶と同じですが、プロパンガスの代わりに水素ガスが入っています。火を着ければ燃えます。こちらが燃料電池本体です。小さいですが容量は一ワット、こちらが発光ダイオード、ＬＥＤライトです」

実験部材をひとつひとつ説明した。

「水素を燃やさずに電気エネルギーに替える実験です。水素ガス缶にこうしてホースをつなぎ、燃料電池出力端子にＬＥＤライトを接続、いいですか、水素を流します」

「わああ」

子どもたちが歓声を上げた。五個のＬＥＤライトが眩く点灯し、周りを明るく照らした。

「水素ガスを燃やさずに電気エネルギーに変換です。手品なみたいですね、この魔法の器具を使えば水素ガスから電気を取り出せます。魔法の器具、これが燃料電池です。水素ガスを止めてみます」

岩崎がボンベからホースを外した。眩く輝いた五個のライトは瞬時に消えた。

「もう一度ボンベに差し込み、水素を流します」

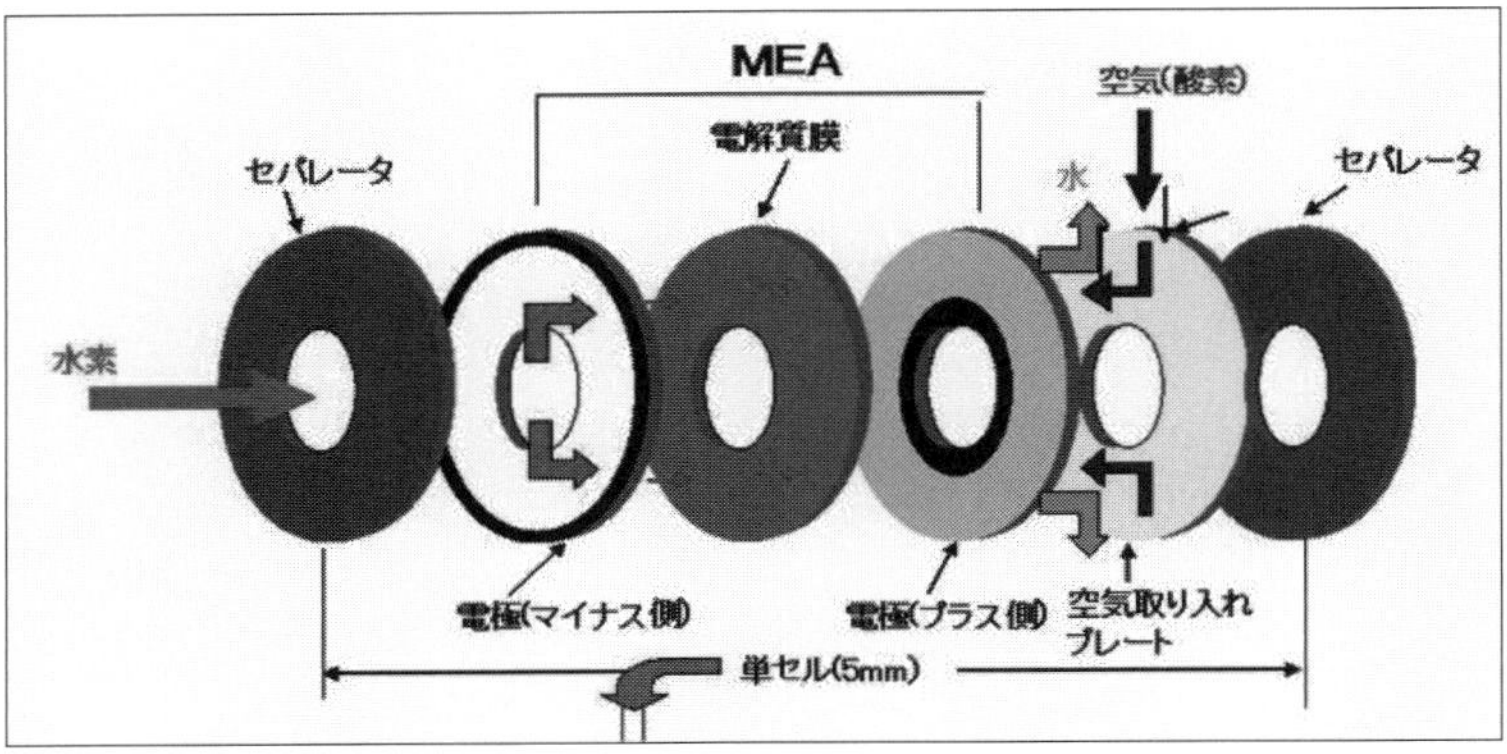

実験に使用した燃料電池セルの構造（出典：㈱FC－P&D）

「わああ」

生徒がいっせいに声を上げた。

「わかりましたね、水素ガスを流している間、発電しました。燃料電池と呼ばれていますが、電池ではなく発電器ですね。こちらのスライドを見てください」

新しいスライドが映し出された。

「魔法の器具の構造です。六枚のドーナツ状円盤から構成されています。ここからは説明がちょっと難しくなってしまいますが、ＭＥＡと呼ばれる水素ガス側の電極、触媒作用のある白金粉末含浸、電界質膜、酸素側電極、同じく触媒作用がある白金粉末含浸、この三層部分で発電します。水素はこの穴を通って、小さな隙間があるマイナス電極へ流れ込みます。酸素は空気取り入れ用プレートを通してプラス電極へ流れ込みます。この四枚のプレートを両側のセパレーターでサンドイッチ、六枚をガスが漏れないようリングゴムを介して穴の開いたボルトナットで締め上げた構造です。これが基本のワンセル」

「次のスライドを見てください」

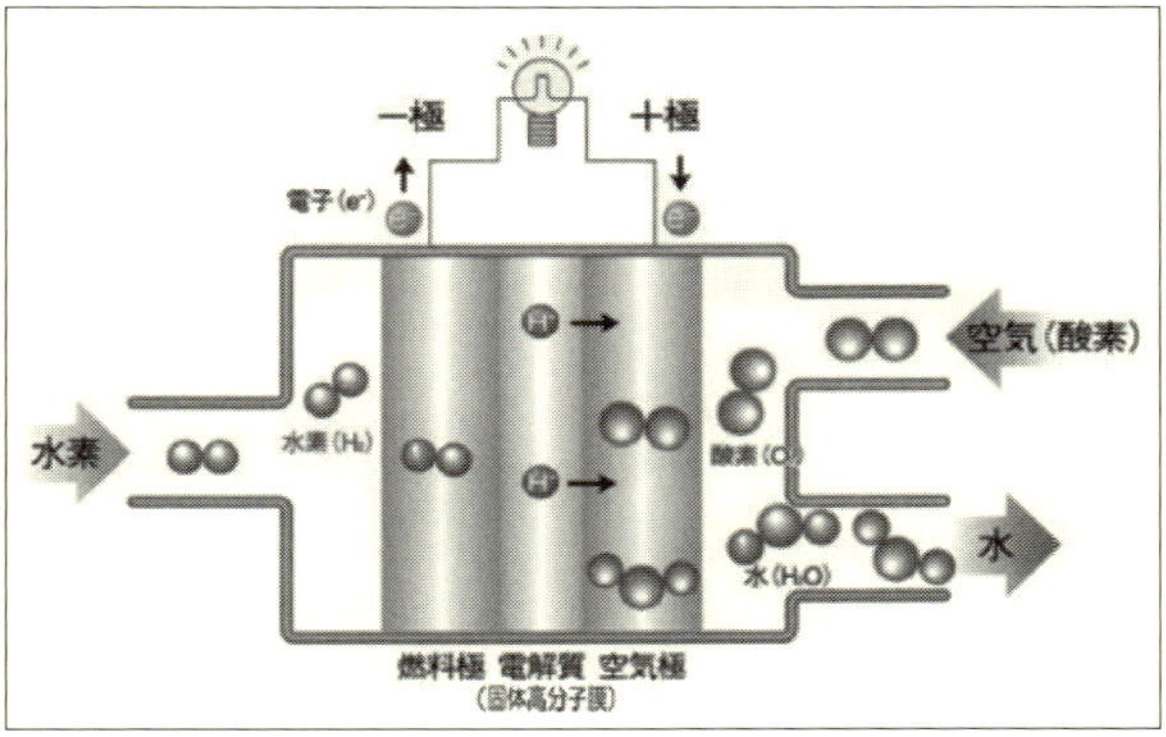

燃料電池の発電原理（出典：東邦ガス HP）

新しいスライドを映した。

「このような簡単な構造で発電できる理由を説明します。燃料電池は水素極、電界質膜、酸素極の三層から構成されています。水素極では触媒作用によって水素原子がプラスの水素イオンと電子に分離、分離した水素イオンは電界質膜を通り抜け、電子は外部回路を移動して酸素極に、酸素極で電界質膜を移動してきた水素イオンと外部回路を移動して来た電子と酸素が結合して水になります」

岩崎は大きく映し出された燃料電池発電原理図を赤いマーカーで印して説明した。これまで数え切れないほど同じ解説繰り返した。図も新しいものにした。どこでも見られる図だ。

「物が燃える現象を酸化と言います。ローソクの芯にマッチで着火しますと、芯にしみ込んでいた油が燃えます。あのローソクの炎は油の燃焼です。空気中の酸素を取り込んで油が燃えます。酸素がないと燃えません。ローソクの炎は発光し、熱を発生しますね。灯りになり、熱く感じます。燃えるとこうしてエネルギーが発生します」

岩崎が黒板にローソクの炎の絵を書いた。

「物が燃えると光や熱を発生します。光は暗闇を照らし、熱は物を熱したり部屋を暖かくします。エネルギーの放出です。自動車は油を燃やし、そのエネルギーで走ることができます。物が燃える現象を酸化と言いましたが、酸化は電子を失う現象です。燃える物が持っている電子を放出、光と熱を発生させます」

黒板に原子の構造図を書いた。

「一番軽い原子は水素です。電子を一個持っています。自然界で一番重い元素はウラン、電子を九十二個持っています。電子の数を一覧表にした周期律表、理科で学んだと思いますが、いろいろな原子がありますが、原子番号、電子の数で整理されております」

一番軽い水素、二番目はヘリウム、三番目はリチウム、電子の配列と取り出し易さも説明した。例えばリチウム原子を活用したリチウムイオン電池など。

「シンプルな水素原子が持っている電子を分離して、分離した電子を活用する、電子が持っているエネルギーを取り出す装置、これが燃料電池です。水素から電子を奪う現象が燃焼です。燃料電池は奪った電子で発電します。燃やさずにエネルギーを取り出す装置です。勿論水素以外でも燃料電池の燃料になります。シンプルイズベスト、電子を一個だけ持っている水素が一番扱い易いですから、近い将来水素を燃料とした水素社会が実現すると思います。燃やさなければ窒素酸化物も二酸化炭素も排出しません。地球温暖化に寄与する酸化物を少なくしようと企業も頑張っています。寒いからと言って暖房をつけ過ぎず、エネルギーを節約しましょう。皆さんが努力すれば地球の温暖化も改善します。以上で私の講義を終了します」

「パチパチパチ」

後ろに並んだ先生方が拍手した。それにつられて生徒たちも拍手した。きっと、子どもたちには難しすぎたのかもしれない。

第十六章　自然界のインフラ修復

二月中旬、岩崎は一日だけ休暇を取って妙高高原に出かけた。妙高山の南側三田原山に向かって開けた大きなスキー場がある。杉ノ原スキー場、三キロにも及ぶゴンドラ、クワッドリフトも完備、雪質もよく、岩崎好みだった。スキー場近郷には赤倉温泉や池之平温泉など、温泉宿も沢山あって、日頃のストレス解消には格好の場所である。名古屋から中央自動車道を松本方面に向かい、長野道、上信越道を北上すると妙高高原インターチェンジに至り、インターを降りれば五キロで到着する。

妙高高原は新潟県にあり、この時期大雪に見舞われることがあり、高速道路は閉鎖、帰宅も困難になる。温暖化のせいか日本海の海水温度が高く、大陸から寒波が来襲すると、新潟など日本海側はしばしば大豪雪、高速道路は通行止めになるし、一般道もノロノロ走行で渋滞、交通マヒとなるから、日程の厳しいサラリーマンには不向きである。

「大雪で高速道路がストップしたから深夜になる」

岩崎は携帯電話で妻の博子に電話を入れた。運が悪い。天気予報は小雪と報じていたのに、妙高のインターチェンジは閉鎖されていた。

「夜遅くすまんね、高速道路が閉鎖になってね、朝の出勤、遅れるかもしれない」

武村にも電話を入れた。代表取締役副社長だから、秘書に連絡するのが道理であるが、休日だから気が合う武村に電話を入れた。

「日本海の海水温度が高いからですよ、岩崎さん。海水温度が高いと水蒸気が発生し易く、日本海上空に寒波が来ると豪雪になる、いつものパターンです。自然のインフラ、成り行き任せではなくて、我々技術者が修復しなければいけませんね」

「何だって、自然の修復」

「気を付けてお帰りください。秘書室に連絡しておきます」

武村は早々に電話を切った。

自然界のインフラ修復、そう言えば昨年秋、パリ協定が発効と報じた第一面の新聞記事を思い出した。先進国と発展途上国を合わせた一九〇ヵ国以上が参加、国際協力で温室効果ガス削減を進める地球温暖化対策の新枠組の発効である。温暖化を引き起こす化石燃料から脱却し、大気中へ温室効果ガス排出を実質ゼロにする脱炭素社会実現を目指すという崇高の協定である。目標は気温上昇を二度未満に抑える、各国は協力してこの目標達成に努力するという画期的な協定を発効した。石炭や石油に長く依存してきた暮らしを見直す契機となるだろうか。技術革新によって防止策が見つかるかもしれない。

「技術者の自然インフラの修復」

武村の言った一言が思い出された。欧州連合は発電量の四五パーセントを再生可能エネルギーにする目標と書かれていた。日本の再生可能エネルギーは福島の原発崩壊後伸びたが、慎重論もあって拡大策が打ち出されていない。風力や太陽光でエネルギーを地産池消できるようになれば地方経済の自立や雇用創出にもつながるとも新聞記事には書かれていた。世界中の皆が、温室効果ガスをこれ以上出し続けていては地球環境がもう後戻りできない状態になると気づいたのだ。アメリカや中国を含めた一九〇ヵ国以上の人々がもうこれ以上地球を汚してはいけない、環境収容力の限界を悟ったと思った。

「社長がお呼びです」

一時間ほど遅れて出社した岩崎に秘書室長が駆け寄って言った。岩崎は社長室に直行、社長室のドアをノック、入室した。

「もういいかげん、ジャリの遊びを卒業したらどうだ、いい歳こいて」

入室した岩崎を中村がいきなり罵倒した。スキーは子供の遊びだと思っている中村社長である。

「代表取締役だぞ、怪我でもしたら社名に傷がつく。紳士がやるスポーツはゴルフだ、まったく、いつまでたっても君は子供だ」

（夕刊）　2016年（平成28年）11月4日

パリ協定が発効

脱炭素社会へ新ルール

日本出遅れ、国会承認急ぐ

パリ協定が発効と報じる新聞記事
（中日新聞 2016.11.4）

そう毒づきながら、まあ座れと会釈した。二人は並んで座った。

「すでに決めて米国社長に指示した。クリーブランド工場、増設する。点火プラグの製造ライン、倍増」

「えっ、そんな重要案件、聞いていません。中村社長」

岩崎は驚いた。役員会で審議すべき重要案件を独断で決め、指示したとは。

「役員会を開いて議論しても決めるのは僕だよ。決まっていることだ。議論するのは時間の浪費だ。アメリカに投資して雇用増進、トランプ新大統領から表彰されるな」

昨年秋、アメリカ合衆国大統領選挙が行われた。ヒラリー・クリントン女性大統領誕生かとマスコミも論評したし、岩崎も米国初の女性大統領就任だと思った。だが予想は大きく外れ、ドナルド・トランプ氏が当選した。〝アメリカファースト〟を強調したトランプ氏が勝利し、そして一月二十日、第四十五代米国大統領に就任した。国内雇用を最優先課題に、強いアメリカの再構築を宣言した。

アメリカがくしゃみをすれば日本は風邪をひく。日本だけでなく世界中が注目した米国の大統領選、誰が大統領になるか固唾をのんで見守った。技術者の岩崎でも米国のリーダーがどんな政策を採るか気になった。アメリカの大統領は世界のリーダーだから、中村社長も関心があった。工場を増設して雇用拡大、トランプ新大統領政策を後押しすると言った。

「中村さん、以前から申し上げておりますが、増産設備投資はもう止めましょう」

「君の持論は聞き飽きた。東海自動車の燃料電池車、発売から二年以上過ぎたが売れていない。

君の予想は外れ、誰も買わない。魅力がないからだよ。エンジン付きの自動車が当分続くよ。現に君たち技術陣の活躍で受注は堅調、今期米国売上高は三〇パーセントアップだ。設備を倍増して二直体制から、八時就業開始で五時退社の一直体制に変更だ」

中村社長時代に入って売り上げは順調に伸びていた。特に米国はここ三年で二倍に増加した。GM系列会社が一部のエンジン部品から撤退、その分東海セラミック工業が全量受注したからだ。中村さんは運のある強い社長だと思った。運も実力だ。

「エンジン性能が向上して、熱効率が五〇パーセントのハイブリット車が出現だよ。それもエンジン付きだ。だからエンジン部品のマーケットは拡大一途、増産だよ、増産」

「中村さんもご存じのように、パリ協定が締結されました。脱炭素社会へ向けて世界は動き始めました。温暖化を引き起こす化石燃料から脱却、大気中への温室効果ガス排出を今世紀後半に実質ゼロにする、そういうことを世界中の皆さんがやろうと決めました」

「岩崎君、今世紀後半だろう、僕はもうあの世行きだよ」

「北極で進行中ですよ。ツンドラの永久凍土の溶解、もう永久ではなくなりますね。凍結していた植物が露出して腐敗、メタンガスを大量に放出。永久凍土に含まれている可燃性のメタンハイドレートが蒸発して大気中のメタンが増えれば、永久凍土の溶解が促進、増幅され、大量に放出、修復不能になります」

岩崎は冷静だった。常に自分の持論を語る。

「北極の氷が解けて、これまでは不可能だった新航路が拓けるそうじゃあないか、悪いことばかりじゃあないよ」

中村は気楽に言った。確かに一企業があたふたしてもしょうがない。自動車はハイブリット化、燃費が良くなれば二酸化炭素の排出も少なくなる。そういうことが企業として精一杯の貢献だと言いたいようだ。

「トランプ大統領はアメリカの石炭産業を活性化し、どんどん石炭を掘って燃やし、鉄鉱石もどんどん掘り出して鉄の増産をはかり、雇用拡大を指示、君の持論とは正反対だ。さすがアメリカの指導者だ。温暖化より雇用優先、景気が良くなれば全て吉だ。気に入ったね。アメリカ市民もよくわかっている。だから彼を選んだんだ。賢いよ」


四月三日、新入社員入社式、二百五十人の新入社員が入社式に参列した。中村社長が歓迎の挨拶を行った。社長就任後、初めてである。岩崎も勿論雛壇に座った。毎年行っている晴れやかな祭典である。岩崎が役員に就任してから、人数の増減はあったが毎年新入社員を採用した。ありがたいことである。

「元気な若者に接すると、気分がいいですね」

今年定年を迎える伊藤常務が岩崎に向かって言った。人事部も総括しているから、元気な若者を選んだと付け加えた。中村社長は入社式を終えると外出したので、社長のいない気楽な昼食会となった。

「毎年沢山の新入社員を迎えられてありがたいですなあ」

上司のいない勝川専務もリラックスしているようだ。

「我が社は今年の秋で創立八十一年、長く続きました。エンジン屋さんよりも前からエンジン部品を製造していましたから、この先も平穏だといいですね」

製造本部長の伊佐川が言った。いつまでも続くことを期待している言い方だった。

「社長がいたら馬鹿な奴だと言われそうですが、岡崎にある木下電機の社長さんと一杯飲んだ席で、電動チェーンソーの話が出て、エンジンから電池に替える、まあ一部の機種だけだそうですが、手で持てるようなチェーンソー、芝刈機など、電動化が進むらしい」

「二サイクルの小さなエンジンからモーターですか」

電動化をうたうエンジンの広告
（出典：㈱マキタ HP）

理系出身者の伊佐川が言った。

「電動化の話をすると中村社長、いい顔しませんが、リチウムイオン電池に充電して、バッテリーで動くチェーンソーです」

勝川本部長が説明した。

「岩崎さん、どうですか、エンジンの要らないチェーンソー」

本社総括の伊藤常務が岩崎に振った。こういう話の適任者だと思われている。

「どうですかと言われても、排気ガスゼロは魅力です。皆さんもパリ協定発効のニュースをご存じだと思いますが、温室効果ガス排出ゼロを目指して動き始めましたね。このままではいかんと、木下電機さんも温室効果ガスを出さないチェーンソーを製造して、パリ協定に協力しようとされたのではないですか。中村さんが聞いたら怒りますが、世の多くの皆さんは、自然界のインフラ修復に寄与しようと動き出したと思います」

「岩崎さん、自然界のインフラ修復ってなんのことですか」

なんにでも興味を示す伊藤常務が発言した。

「武村君の持論でして、我々が住む地球環境で、我々が快適な生活を維持するには、各方面のインフラ整備が重要だと。例えば中国の北京や上海の大気汚染はひどく、マスクしなければ呼吸もできない。空は灰色でＰＭ2.5は高濃度、こんなところに住んで幸せでしょうか。汚染物質を除去する装置の整備が必要でしょう。道路だって壊れたら修復しますよね、修復工事ですよ。地球がこれ以上熱くならないように、例えば大気圏に大量の反射物体を打ち上げて、太陽光を反射させ、地球に来る太陽エネルギーを小さくする、太陽光の遮蔽です。まあこれは難しいから、せめて温室効果ガスを出さないように心がける、これならすぐにもできる。まあこういった住みやすい地球のインフラ整備、修復ですね、これは技術者の使命だと、これは武村君がいつも話しています」

「僕も今年六月で退任ですから気楽ですが、インフラ整備って、ひょっとしてエンジン不要論ですか」

伊藤が心配顔で言った。

「まだまだ先のこと、温室効果ガスの少ないエンジンが開発されています。まだまだ先のこと、心配ご無用です」

販売本部長の勝川が言った。中村社長から聞いているようだ。

「勝川さん、しかしですよ、法律で規制されたら、温室効果ガス排出禁止令とか、エンジン屋さんは木下電機さんみたいになりませんか」

伊藤常務が発言した。

「アメリカ大統領のトランプさんは、石炭産業を活発化する大統領令を発効しました。温暖化なんかでっち上げだと、大国アメリカがですよ、世界のリーダーアメリカ大統領がそう言っていますから。アメリカ、サマサマですから、大国アメリカの大統領ですから」

アメリカ第一と短いキャッチフレーズで勝利したトランプ氏を話題にした勝川である。弊社も販売好調なアメリカが、脱炭素社会に向かうとは思われないと強調した。

人事権のある社長がいないと気楽な昼食会である。今年も新入社員を沢山迎えることができ、東海セラミック工業の役員諸氏は余裕たっぷり、誰もが、本業継続は間違いないという雰囲気だった。

トランプ氏を話題にした気楽な昼食会からたちまち二ヵ月が過ぎた。いつものように社業を終えて帰宅した岩崎に、あっと驚くニュースが待っていた。ＮＨＫのテレビ放送にトランプ米国大統領の演説が放映された。米、パリ協定離脱表明である。何をどう血迷ったのか、とんでもない演説を報じた。

パリ協定は他国に利益をもたらし、米国の労働者には不利益、公正でないというのだ。厳しい環境規制が国内の産業振興を妨げ、雇用確保に反すると。自国の利益を優先、米国第一主義を鮮明にした。地球全体のことより米国第一だと報じた。豊かなアメリカである。岩崎は何度もアメリカに出張して肌で感じていた。大国、偉大なアメリカ、インフラも整い、豊かなアメリカである。

「武村さんから電話です」

テレビを見ていた岩崎を妻の博子が呼んだ。

「今からお邪魔してもよろしいですか」

武村は同じ町内に住んでいた。歩いて七分ぐらいの距離である。何回も来ていたから道も良くわかっていた。


「今晩は、お邪魔します」

ワインボトルを抱えて武村がやって来た。

「夜分に失礼します、明日アメリカへ出張しますので今日中にと思いまして」

「そうか、GMだったかな」

「パワートレインのスミス部長と打ち合わせです」

専務取締役技術本部長に昇進した武村は技術全般の総括のため、超多忙だった。

中日新聞（夕刊）2017年（平成29年）6月2日（金曜日）

米、パリ協定離脱表明

トランプ氏「他国に利益

雇用優先　温暖化対策　後

地球より米国第一（米国大統領演説）
（中日新聞 2017.6.2、写真提供：共同通信社）

「アメリカのトランプ大統領、びっくりしました」

テーブルに広げられた夕刊、「米、パリ協定離脱表明」と大きく書かれた一面記事を見ながら言った。彼が来た要件はこれだと察して岩崎が広げておいた。

「まあ、しばらくは我が社は安泰だ」

「岩崎さん、よろしいですか」

「君が言いたいことはわかっている。スミス部長に我が社製品の良さを、お願いしますよ」

「岩崎さん、アメリカ、どうなっちゃったかな、世界のアメリカですよ、豊かな」

「いいじゃないか、我が社にはフォローの風だ」

「本心とは違いますね」

「僕も代表取締役だよ、社業優先、我が社が第一だよ、ワイングラス持って来て、一杯やろう」

「とてもそんな気になれません」

「君が持ってきたワインだ、飲もう」

第十七章　コージェネレーション

六月末の株主総会も無事終わって、中村社長体制はさらに盤石になった。東海セラミック工業の製品は世界各国に浸透し、販路は拡大し続けた。収益も向上して好調そのものだったが、こうなると新商品への投資は疎かになる。特に中村社長は収益第一主義を貫いたから、事業部に格上げされた燃料電池、ＳＯＦＣ事業部は売上金額ゼロ、社内の評価は最低レベルであった。総責任者、武村専務の表情は暗く沈んでいた。ことに同業他社が市場を席捲し始めていたからである。販売ゼロの事業部など事業部の解体だと主張する役員まで出た。

「利益が出るまで販売不可、儲からない商売はしない」

中村社長の販売禁止令、ナンバー２の岩崎でも社長方針には逆らえない。

「今の状態では事業部と言えません、販売ゼロですから。売らせてもらいたい」

何度も武村が岩崎に要望した。無策な岩崎をお坊ちゃま副社長と陰口をたたく社員もいたが、どうにもならなかった。ＳＯＦＣの販売先はコージェネが最も有力である。栃木自動車と共同開発を進めていたが、価格交渉が難航、事実上分裂状態であった。

「岩崎さん、コージェネレーションシステムは時代を先取りした素晴らしいエネルギー分散型デバイスです。同業他社は損を覚悟で販売続行しています。なんとかしていただけませんか」

米国出張から帰国した武村が副社長室で愚痴をこぼした。GM社出張報告を兼ねていた。

「GMとの交渉、ご苦労様。現業優先、良かったよ」

「副社長、自分はSOFCの事業部長ですから現業も大事ですが、新商品優先です」

「すまんな、原価率の悪い商品は売らせない中村さんだ。社長方針には逆らえん」

「トランプ大統領、多くのアメリカ市民から嫌われています。つい最近のパリ協定からの脱退、あれはいけません。世界のリーダーたるアメリカの大統領ですよ。率先して温室効果ガス排出を低減する、そう舵を切らなきゃあ、逆行です」

「まあ人それぞれだから価値観も違うし、雇用優先、働くところがなくなっては生きてゆけない、地球温暖化など、優先順位が低いのだろう。衣食満ちて礼節を知る、だったかな。仕事がなくちゃ生きられん。失業者が路頭に迷うようでは困る。雇用第一、トランプさんは見識ある大統領かもな」

「岩崎さん、呑気なこと言って。九州の豪雨、死者七人、行方不明二十六人、またまた豪雨災害、堤防がどこかわからん濁流、家が流され、土砂崩れで埋まった道路、孤立した集落、大災害発生です。二十四時間に降った雨量は三百ミリを越えました。こんな豪雨が集中して山間部に降ったら、もうめちゃくちゃです。温暖化のせいですよ、東京都内でもゲリラ豪雨がありました、ここ数年激しくなるばかりです」

「僕もニュースを見た。中日新聞夕刊の一面記事も読んだ。凄まじい豪雨だね、温暖化が進んでいるかね」

「温暖化、進んでいますよ。暖かい空気は水分を多く含むことができますから、大量の水分を含んだ空気が上空で冷やされると、大量の雨になります」

「温暖化は怖いね、山の麓に住まんことだ」

「またまた幼稚なこと言って。巨大台風、猛烈竜巻、街に住んでもやられます」

「頑丈なコンクリート建屋の防災シェルターだな」

「水没してアウト、助かりません。岩崎さんのような裕福層から範を示したらどうでしょう。コージェネレーションシステムの導入ですよ。燃料電池を使えば完璧です。我が社は出遅れましたが、燃料電池を使うシステムです」

「武村君の持論だな、燃やさずにエネルギーを取り出す」

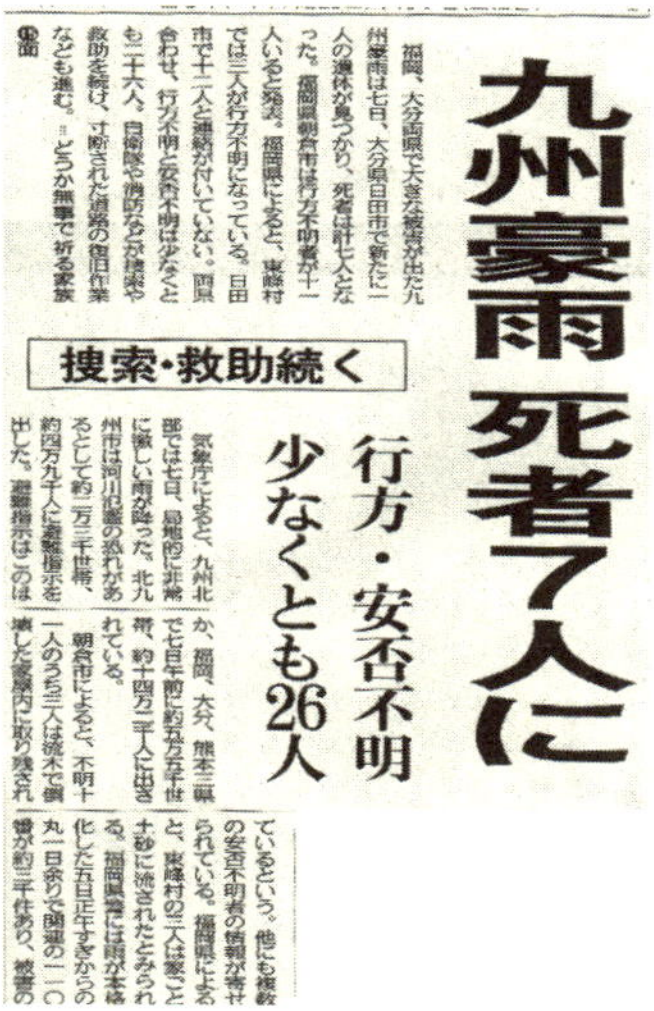

九州豪雨　死者7人に

行方・安否不明　少なくとも26人

搜索・救助続く

福岡、大分両県で大きな被害が出た九州豪雨は七日、大分県日田市で新たに一人の遺体が見つかり、死者は計七人となった。福岡県朝倉市は行方不明者が十一人いると発表。福岡県によると、東峰村では三人が行方不明になっている。日田市で十二人と連絡が付いていない。両県合わせ、行方不明と安否不明は少なくとも二十六人。自衛隊や消防などが捜索や救助を続け、寸断された道路の復旧作業なども進む。＝どうか無事で　祈る家族（中面）

気象庁によると、九州北部では七日、局地的に非常に激しい雨が降った。北九州市は河川氾濫の恐れがあるとして約二万三千世帯、約四万九千人に避難指示を出した。避難指示はこのほか、福岡、大分、熊本三県で七日午前に約五万五千世帯、約十四万二千人に出されている。

朝倉市によると、不明十一人のうち三人は流木で倒壊した家屋内に取り残されているという。他にも複数の安否不明者の情報が寄せられている。福岡県によると、東峰村の三人は家ごと土砂に流されたとみられる。福岡県警には雨が本格化した五日正午すぎからの丸一日余りで関連の一一〇番が約三千件あり、被害の

九州豪雨を報じる夕刊一面
（中日新聞 2017.7.7）

「地球温暖化を防止できる唯一のデバイスだと確信しております。燃料電池を搭載したコージェネレーションシステム、今後我が社が生き残れる唯一の商品です」

「相変わらず一貫しているな」

「どこにでもある資料ですが、ご覧いただけますか」

武村がガス会社のパンフレットを広げた。

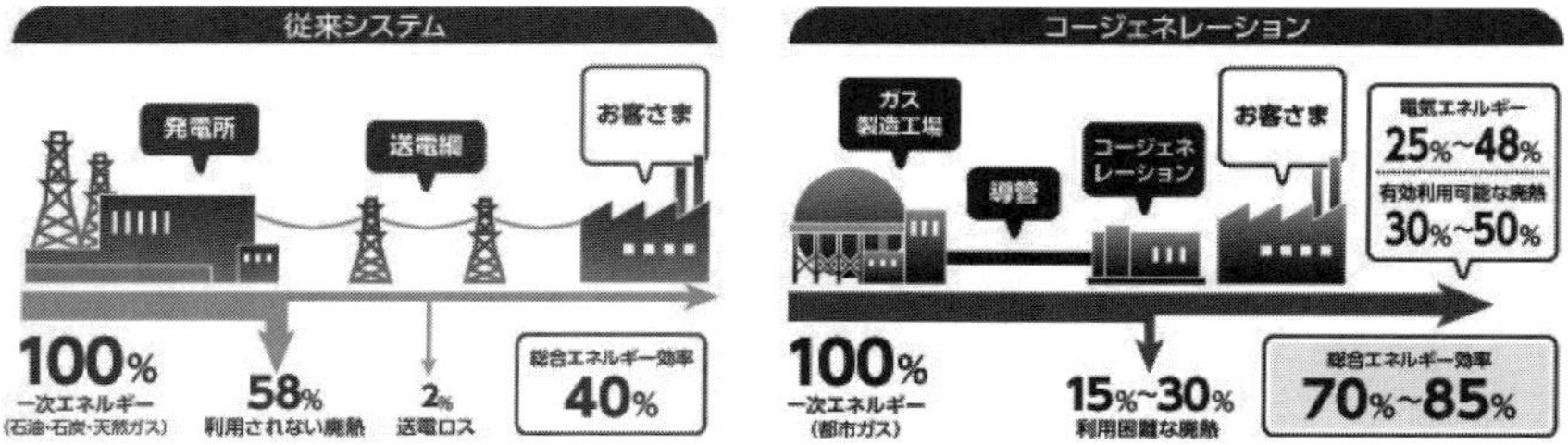

コージェネレーションと発電所の効率比（出典：福島ガス HP）

「火力発電による発電効率とコージェネレーションシステムの発電効率を比較した、ガス会社の提案です。自宅で使う火力発電の総合効率は四〇パーセントとなっています。コージェネですと八五パーセント。コージェネでは自宅で発電しますから輸送コストがかかりませんし、自家発電に依る発熱利用で八五パーセントと高効率です。火力発電所自体の効率が高くても、輸送コストがかかります。送電線で運んでくるからです。物流にコストがかかります」

「一ヵ所で大量生産して、それを分配することで低コストになる、違うか」

「分配ですと輸送コストが加算、排熱など利用できませんから総合効率が低くなる。ガス会社が提案するコージェネレーションシステムなら効率は八五パーセントにもなる。ガス会社のパンフレットですが、真実だと思います」

「コージェネでは総合効率八五パーセント、電力会社だと四〇パーセント、随分違うね」

「効率が高いのは省エネ、燃料の有効利用です。燃費の良い自動車と同じで二酸化炭素の排出面でも有効です」

「コージェネの良いところがわかったが、近所でどこもやっていないなあ」

「初期投資金額が高額ですし、皆さん、困っていませんから、停電もないし、電力会社もしっかりサポートしてくれますから」

「もったいないね、燃料の有効利用、コージェネか」

「電力会社へ支払う電気料金、ガス会社に支払うガス料金、二つ合わせた金額と、コージェネの初期投資、燃料代などの維持費、差額が大きければもっと普及すると思いますが、困っていなければ購入しませんねえ。コージェネが温暖化防止になるなんて、知らない方が多いと思います」

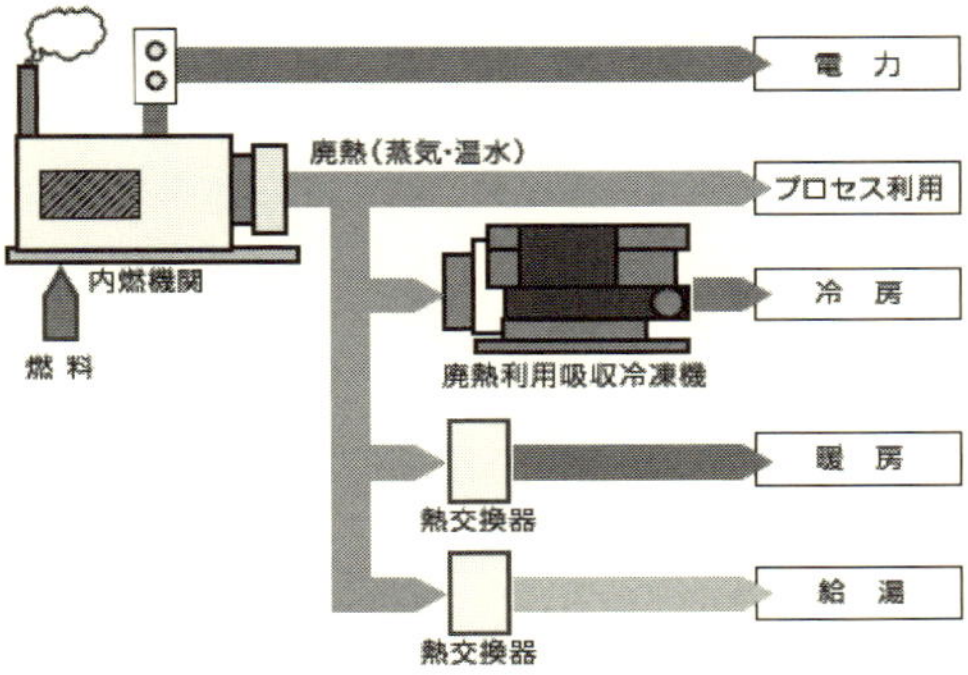

コージェネレーションの基本形態
（出典：コージェネレーション財団 HP）

「僕が技術部長時代、浜松のエンジンメーカーからガスエンジン搭載のコージェネ、一式購入して実験していたな、ガスエンジンに適合する点火プラグの評価用だった」

「自分も覚えています。一馬力のガスエンジンでした」

「当時は温暖化に効果があるなんて、無関心だった」

「コージェネ財団のホームページに掲載されていたコージェネの基本形態、これですが、パワーソースは内燃機関、エンジンです。エンジンのパワーで発電し電気を造り、排熱を利用して暖房や給湯を行う。燃料の有効利用と説明しております」

「コージェネレーションシステムとは熱源より電力と熱を生産し供給するシステムの総称であり、コージェネと呼ば

燃料電池内蔵コージェネレーション内部
（撮影著者）

れていると書いてあるな」

「栃木自動車さんのコージェネ、熱源が小型のエンジンです。浜松のエンジンメーカーさんのものも熱源はエンジンです。汎用エンジンメーカーさん、やっておられるところ、沢山ありますね」

「我が社のお得意様だ」

「エンジンを燃料電池に替えたら完璧です」

「武村君、お得意様失うよ」

「我が社のＳＯＦＣに変換ですから問題ありません。もうずいぶん前から、試作品は出来ています。燃料電池の試験用に何台も製作しました。ちょっとわかりづらい写真ですが、エンジンの代わりが燃料電池です。事業部ですから、これぐらいは製作できます」

「武村君、僕も何度か見たから知っているよ。エンジン屋さんと共同開発だが、コージェネと言えばガス屋さんじゃあないかね。名古屋近傍だと東邦ガスさんがあるな、大阪ガスさんとか、東京ガスさんとか、ガス屋さんもコージェネ、販売しておられる」

「申し訳ございません、私の力不足で。ガスメーカーさんは燃料電池採用しました。同業他社製品です」

「知っているよ、君のせいじゃない、我が社の社長方針だから」

「ガス屋さんが理想的ですね。都市ガスが配給されていますから、燃料の手配は無用です」

「そうだな、コージェネレーションシステムを導入されれば、燃料供給の心配ないな、配管などインフラ整備されているから」

「燃料電池を組み込んでいただければ二酸化炭素の排出もありません」

「高効率で温室効果ガス排出ゼロ、完璧なシステムというわけだ」

「岩崎さん、我が社が生き残れる道はこれしかありません。温暖化防止にも寄与できる、燃料電池搭載のコージェネレーションシステム、僕も頑張ります」

「僕らの時代に温暖化を止める具体策、決めたいね」

「代表取締役副社長岩崎さん、燃料電池搭載のコージェネレーションシステム、ここにあります。これですよ、これしかありません」

第十八章　巨大竜巻ニューヨークを襲う

トランプ大統領が就任した二〇一七年一月からたちまち四年半の歳月が流れた。再選されないだろうと多くの賢者は予想したが、第四十六代米国大統領に再び就任した。多くの貧しい白人労働者層が彼を支援した結果だ。石炭産業や鉄鋼企業は安価な中国製と競合したあげく苦境で喘いでいたが、大統領の政策によって雇用は確保された。

欧州各国は積極的に再生可能エネルギー導入を国策とした。特にドイツは風力発電に特化して成功し、電力の五〇パーセントを風力発電で賄えるようになった。米国は安価な石炭を燃やし続けた。米国の自動車産業は豊富な石油を消費した。地球温暖化対策より米国第一主義《アメリカファースト》、強い米国を内外に誇示し続けた。トランプ大統領の思惑通り雇用は拡大、貿易収支も改善した。

ところが、である。とうとう自然が牙を剥いた。大惨事が発生したのだ。

六月三日午後三時、巨大竜巻がニューヨーク、マンハッタン島を襲った。風速、実に一二〇メートルという未曾有の猛烈な竜巻が発生した。五番街三十三丁目にあるニューヨークのシンボル的高層ビルディング、エンパイヤステートビルの四十階以上が吹っ飛んでしまった。エンパイヤステートビルから北東のトランプタワーも崩壊した。街は壊滅的な破壊である。死者、負傷者多数、千年に一度の大惨事である。

この大惨事は全世界に発信された。日本のテレビ各局は臨時ニュースで報じた。たちまち特集番組が組まれ、気象予報士が温暖化のせいだと原因を解説した。それにしても異常である。世界各地で異常気象が発生しているが、これだけ巨大な竜巻は前代未聞である。予報官も首を傾けていた。ほんの一瞬の出来事であった。

ニューヨークと日本との時差は十四時間、岩崎は出勤前にこの大惨事を知った。早朝から特集番組で放映していたようだがテレビを付けなければわからない。出社したら即アメリカへ電話を入れようと、気が焦った。

「ニューヨーク支店の水野さんから何度も電話がありました」

出社すると秘書室長が待っていた。電話をつなぎますと言ったので、自室に慌てて駆け込んで受話器を摑んだ。

「ニューヨーク支店長の水野です。朝早くすいません」

聞きなれた声である。技術部出身の水野課長である。ＳＡＥアメリカ自動車技術会を中心としたアメリカの自動車業界や、燃料電池車など新技術情報収集に派遣されていた。

「君は大丈夫だったか」

岩崎が佐藤の身を案じて言った。

「マンハッタン島の限られた地域でしたから、我々の支店は無事でした」

「それは良かった、我が社の出向者や出張者も無事か」

「竜巻はエンパイヤステートビル近辺に集中していましたから、我が社の社員は全員無事です。実は暴動が起こりまして、デトロイトの自動車工場に暴徒が押し寄せ、不穏な雲行きだとデトロイトの技術センターから連絡がりました」

「自動車工場に暴徒が押し寄せたって、どういうことだ」

「自動車の排気ガスを制御しなかったからこんな大惨事は起きたと。エンジン部品屋にも火の粉

が降りかかるかもしれません」

「自動車会社が悪いわけないだろう」

「そうですが、アメリカ市民もじっとしておれないようで」

地球温暖化なんかでっち上げだ、石炭産業育成、石炭を燃やせ、雇用拡大、アメリカ優先、アメリカさえ良ければ地球の環境などくそ食らえとトランプさんが息巻いていた。そのツケが来たと思った。それにしては早すぎる。いずれ来るだろうと予想していたが、アメリカ、ニューヨーク、エンパイヤステートビル、トランプタワー、因果は巡るとは昔の諺だが、当事国アメリカで起きてしまった。

「午後一で会議を開く。課長以上で手が空いている管理職を集めよ」

岩崎が武村に電話を入れた。

「ニューヨークで巨大竜巻発生、有名なエンパイヤステートビルが崩壊した。被災者多数、暴動も起きて、混乱状態だとニューヨーク支店長の佐藤君から電話があった」

技術センターの会議室に多数の管理職が集まった。中村社長にも話したが、我が社の社員が無事ならと無関心だった。岩崎は本能的に大きな社会変革が起きると肌で感じた。

「アメリカの大統領は、温暖化はでっち上げだとパリ協定から脱退し、温暖化効果ガスを無制限にまき散らした結果が出た。これで目が覚めると思う。とんでもない大統領令が公布される恐れがある。早急に技術陣は結束して事態に備えたいと集まってもらった」

岩崎は会議室に集まった技術陣を見渡して言った。じっとしておれない気持ちであった。

「私から対処の仕方を話します」

武村が手を上げ、岩崎の横に立って言った。頼もしい男である。

「六月だというのに、台風が三つも日本に来た。日本近海の海水温度が三十度近くと非常に高く、間違いなく温暖化が進んでいることがわかります。巨大竜巻発生で甚大な被害を受けたニューヨーク在住の皆さんにはお気の毒ですが、パリ協定も無視、温暖化を加速させたツケがきたのです。自然が牙を剝いて威嚇、これで米国大統領も目が覚めると思います。

実行力のある大統領ですから、あっと驚く大統領令を出す可能性があります。昔の排気ガス規制や環境保護局とＥＰＡが出した厳しい規制値など、そんな生やさしい規制値ではなく、法外な規制が始まると思います。内燃機関全面禁止令のようなとんでもない大統領令です。

三つの案件を提案します。即日実行です。

まず、第一に、ＳＯＦＣに人材を集結して早期の商品化を加速させる。

第二に既存の生産設備を縮小、いつでも移動、撤去できる生産設備の改革。

第三に海外出向技術者の再教育、エンジン部品以外の商品マーケット市場を構築する。

以上、三点を具現化すること」

武村が大きな声で提案した。

「副社長、いかがですか、こんなところで。追加があればお願いします」

事前に打ち合わせをしたわけではないのに、岩崎の心情を話してくれた。いい部下を持って本当に良かったと思った。

「レシプロ（ピストン）エンジンが明日からなくなるわけではありませんが、心構えとして武村君の提案を実行願いたい。温暖化防止に寄与できる商品開発も視野に入れてほしい。我々が保有するセラミック技術を駆使した製品開発など、やるべきことは沢山ある。我々が住む地球環境を自分たちが修復するという、崇高な目標を達成いただきたい」

「中村さん、エンパイヤステートビルが吹っ飛びましたね、死傷者多数」

帰りがけ、岩崎は社長室に入室して言った。

「運が悪かっただけだ」

「温暖化が招いた悲劇だと気象予報官が答弁していました。インドのムンバイで摂氏五〇度を越えたそうです。日本近海の海水温度が三十度と、この夏も酷暑です。その主原因は温暖化に他なりません」

「僕が悪者みたいな言い方だな」

「中村社長が頑張られたから年間売り上げ三千億円達成です。僕も含めて皆さん、評価しております」

「ＳＯＦＣを安く売らせてくれとでも言いに来たのか」

「見解の相違で裁断は社長ですから。トランプさんも国内の苦しい立場に、パリ協定から離脱だと宣言された、あんな表明しなければよかったのに」

「僕はトランプさんを評価しているね。自国のために頑張った。アメリカの国益を大事にした彼の功績は大きい。だから再選を果たした。彼が悪人なら誰も彼に投票しない。結果が物語っている。彼がエンパイヤステートビルを壊した張本人ではない」

中村社長はトランプ大統領を偉大な指導者、リーダーだと崇拝していた。自分もトランプ大統領のように振る舞いたいと。人それぞれ価値観が違うし、人の評価も違ってくる。しかし結果が悪ければ修正、謝罪が必要だ。

「パリ協定から脱退すると宣言したときから、世界のリーダーは評価しませんでした。自分もそうです。自国さえよければ他国はどうなってもよい」

「君、それは違うよ、言い過ぎだ。彼は自国の民を幸せにしたかった、それだけだ」

中村さんがこういう発言をするのは珍しい、ニューヨークを襲った竜巻を意識している気がした。結果を見て修復、リーダーの務めだと理解したようだ。

「皆さんが賛同された前向きな政策には、多少の不都合があっても賛同し、行動を共にする、世界のリーダーはそうしてほしいですね」

「そうだな、君の言う通りだ」

「えらく素直ですね、びっくりしました」

中村社長も、ニューヨークを襲った巨大竜巻、温暖化のせいだと理解したようだ。シベリア奥地の永久凍土はどうなったか。メタンガスの放出が温暖化を加速させているかもしれない。人類はこの難題解決に立ち向かえるだろうか。子や孫に涼しい環境を残してやれるだろうか。それにしても、今日も暑い一日だった。

第十九章　内燃機関禁止令出る

四十階以上が吹っ飛んだ無惨なエンパイヤステートビルの映像が連日テレビに映った。瞬間最大風速一二〇メートル、今世紀最大の竜巻である。一瞬で千人以上の死傷者が出た。東北の大地震と比べれば局所的だが、温暖化が原因だとなれば、再発防止策も構築可能である。アメリカ政府は沈黙して政府見解を出していないが、環境保護局は専門家を招いてたびたび会合を持っていると、ニューヨーク支店長の佐藤が連絡してきた。

「大国アメリカ、世界のリーダーたるアメリカがこのまま何も手を打たず、放置することはありえません。国の威信をかけて改善策を打ち出します」

ニューヨーク支店長の佐藤は何度も力強く岩崎に語りかけた。

「佐藤君、トランプ大統領はどんな反応ですか」

岩崎は気になって毎日電話を入れた。米国東海岸地方と日本との時差は十四時間、日本の朝が向こうの夕方である。勤務時間中に電話やテレビ会議が行えた。ニューヨーク支店長の佐藤は、若いころ岩崎の部下であったから気楽に情報交換でき、幸運だった。

「大統領は現地を頻繁に視察しています。トランプタワーも上層階が吹っ飛びましたから、被害者でもあります。温暖化が原因だとしますと、野党からの追及は免れません」

「佐藤君、どうだろう。大統領は温暖化を認めますか」

「地球より米国第一と過激な発言をし、パリ協定からの脱退で二七〇万人もの国内雇用が生まれ、石炭業や鉄鋼業の衰退を排除、効果絶大だったと啖呵を切りましたから、今更アメリカが石炭を燃やし続けたからとは、メンツもあり認めづらいですね」

佐藤が四年前のトランプ大統領表明演説を話題にした。トップともなれば簡単に方針変更はできないだろう。

「アメリカが石炭をじゃんじゃん掘って、どんどん燃やしたから巨大竜巻が発生した、そうじゃあないと僕も思うよ。日本だって毎日六十万トンもの石油を使っているし、原発が駄目になったから電力の九〇パーセントは火力発電に頼っている。天然ガスもじゃんじゃん燃やしている。中国は石炭をじゃんじゃん燃やしているし、アメリカだけの責任じゃあないと思うよ」

岩崎はトランプ大統領が気の毒に思えた。

「そうですね、アメリカだけじゃなく全世界の責任ですね。たまたま運悪く、巨大竜巻があの有名な、世界中の皆が知るエンパイヤステートビルを襲った。運が悪かったというしか言いようがありません」

「佐藤君、僕はエンパイヤステートビルが吹っ飛んで良かったと、当事者には申し訳ないが、温暖化防止にアメリカも積極的に参加するトリガーになると思うね」

「トランプ大統領が石炭関連企業に癒着している懸念があると、野党は追及の構えです。どんどん燃やせと指示した大統領に責任を取らせ、辞任させたい意向です」

「どこの国でもそうだ、政治家のトップ争いだ。アメリカが石炭を燃やしたからエンパイヤステートビルが吹っ飛んだとは思えない。日本にも巨大台風が上陸、大災害が発生しているが、総理大臣の政策が悪いからだと誰も批判しないし、野党も追求しない」

「岩崎副社長、環境保護局がとんでもない規制を計画していると、ＧＭやフォード社の技術者が心配しておりました」

「とんでもない規制とは、なんですか」

「まだわかりませんが、しきりに東海自動車さんの燃料電池車のことといろいろ聞いてきます。帝国自動車の電気自動車のことも、パワーソースに異変ありでしょうか」

「カリフォルニア州のゼロエミッション規制、排気ガスを排出しない自動車、そういう話か」

「わかりませんが、ゼロエミッション車に関心があるようで、パワートレイン部門に動揺があるというか、勘ですが、何かありそうです」

「佐藤君、ありがとう。引き続き情報収集、頼むね」

岩崎は電話を切った。トランプ大統領、何をしでかすか。黙っていては世界中が許さないだろう、そういう空気が漂っていた。

「武村君がいたら来るように」

秘書室長が書類を届けに副社長室へやって来たので言った。

「お呼びでしたか」

ほどなくして武村がやって来た。武村とは年齢が三歳違いであったから、今年六月末で六十一歳になる。役員の定年は六十歳だったから早いもので今年定年退職である。武村の誕生日は株主総会直前だから、通例では昨年定年だ。僅か数日の違いだったが、中村社長は規則だからと武村の退職を勧告した。岩崎の必死の説得もあってなんとか留任したが、再びその時期を迎えていた。


余人をもって代えがたい貴重な人材であっても、歳が来たら問答無用で退職である。だが東海セラミック工業では、社長の一存で延長がしばしばあった。そのことを知っていた岩崎は平身低頭、武村の定年延長を懇願した。あれからあっという間に一年が過ぎ、今年も六月末の株主総会が近づいていた。


「いよいよ退職ですか」

武村も承知しているようだ。

「まあ、座ってくれ」

二人は副社長室のソファーに対座した。

「アメリカの自動車業界、不穏な動きがあると佐藤君が連絡してきた」

「自分の退職の話ではないんですか、てっきりご苦労さんと」

「いや、それもあるが博学の君の見解を聞いておこうと思ってね。エンパイヤステートビルの崩壊後、アメリカはどちらへ舵を切るか」

「近々退職の僕ですよ」

「まあ、そう言わずにたのむ」

来年、中村社長も内規による定年である。慣例なのか岩崎副社長も多分一緒に退職するだろうと武村も覚悟していた。せめてあと一年、岩崎副社長の下で仕事を続けたかった。

「来年、中村社長は内規による定年退職だと思いますが」

武村が社長退任を言葉にした。

「先輩が後輩にバトンを渡すのが我が社の伝統あるしきたりだから、中村さんと言えども無視できないだろう」

「そうなれば副社長も来年の株主総会で退職ということですか」

まだやるべきことが山ほどあるのに定年である。我々の時代に温暖化防止に歯止めをかける、温暖化防止は人類の文明全体の問題、企業も価値観を変え、最前線にいる自分たちが防止策を具現化し、実現していく崇高な目標を掲げた日があった。退職したら自分の手ではなしえない。

「まだ元気だから続けたいが、残念ながらそうなるかな」

異常気象多発はまちがいなく温暖化に起因している。企業の責任として防止策を具現化しよう。そこに登場したのがセラミックの燃料電池である。ＳＯＦＣ、白金等貴金属を使わず廉価な材料で構成できる燃料電池、この燃料電池搭載のコージェネレーションシステムの普及こそが我々の企業責任だと、生き甲斐を見出した二人だった。

長年勤めた会社を離れたら、その時点でさようならである。やり残したことへの悔いが残るが、何事にも永遠はない。終わりが来るのだ。どんなに優れた者でも退職の日が訪れる。もう少し頑張りたい、ここまではやり遂げたい、あの部分に手を入れたら性能が安定し出力も増加する。設計を一部変更しよう。そういうことが山のように残るのである。

「サラリーマン技術者の悲哀ですね」

「君の技量を次の世代にバトンタッチだ。先輩が後輩へ、その後輩が次の後輩へ、我が社はそうして今日を築いてきたし、未来もある。特に技術者の重要な役目だ」

「僕は力不足でした。頭でっかちでした。実務に欠けていました」

「君は余人を持って代えがたい人材だったよ、随分助けてもらった」

「上司に恵まれて充実したサラリーマン技術者を全うできました」

「武村君、アメリカは、どう舵を切るか」

「退職が近づいていますが、とんでもない巨大渦に巻き込まれる恐れがあります」

「君もそう思うか、嫌な予感がする」

ニューヨークのシンボル的一〇二階建てエンパイヤステートビルが崩壊した。国の威信をかけて対処するだろう。

「トランプさんもここまで来たら、巨大竜巻は温暖化だと、人類が招いた人災だと悟ると思います」

「そうだろうなあ、自然の流れからすれば温暖化が原因だと」

「そうなれば、近々重要な発表があります。激震です。様子をみたいですね、今しばらく頑張らせてもらいたい、ここで退職してはもやもやが晴れません」

武村は職場を離れたくなかった。元気だし意欲もある、戦略も経験も人一倍豊富だ。昨年、既に退職時期が来ていたことは、周りの者が皆そんな素振りをしたから気が付いた。あれからあっという間の一年が過ぎた。が、もう少しやらせてほしい、心底そう願った。

「君が辞める時は自分も辞める、中村社長にもう一年延長を頼んでみる」

「ありがとうございます。ありがたいです」

どんなに優れた者にも定年が来る。サラリーマンなら誰にも平等に訪れることだ。仕事に切りが付かず継続中でも、退職の時期が来たらさようならだ。だが代表権のある上司に恵まれれば、定年延長もありうる。人事権を持つトップの意向次第、継続可もあり得るのが企業人事だ。

「あと一年、君と一緒に仕事がしたい」

岩崎は身を乗り出して武村の手を握った。何故か感情が高ぶった。

「ありがとうございます。いい上司に仕えて光栄でした」

「岩崎さん、緊急連絡が入っています」

出勤してきた岩崎を秘書室長が大声で呼んだ。

「副社長、とんでもない大統領令が」

ニューヨーク支店長の佐藤が声を詰まらせた。

「内燃機関禁止令です」

「何だって、内燃機関禁止令だと」

「ガソリンを燃やすエンジン、火力発電、とにかく燃やして動力を得る機関は全面禁止、燃焼禁止令です」

「そうか、出たか、武村君の予想通りだ、それで発効の時期は」

「猶予期間は三年、できる部門から即日実施せよとのこと、大変なことになりました」

「佐藤君、ありがとう。詳細はメールで送ってくれ」

岩崎は電話を切った。胸の鼓動が速くなった。即刻社長に連絡し、緊急役員会を開催して対処法を議論しなければと思った。その場で中村社長の出勤を待った。

「社長、大変な事態が起こりました」

出勤して来た中村社長に駆け寄り言った。

「なんだ、朝っぱらから」

「内燃機関禁止令です」

「内燃機関禁止令だと」

「ニューヨーク支店長の佐藤君から緊急連絡が入りました。トランプ大統領が内燃機関禁止令を発令しました」

岩崎は緊張したまま続けて言った。

「既にGMやフォードは即日エンジン生産を中止するそうです。東海自動車や栃木自動車、欧州のフォルクスワーゲン社等も対応するそうで、我が社のエンジン部品は行き場を失います」

さらに付け加えて、早口で言った。

「まあ、慌てるな。誤報かもしれん、ことはそう急激に変わらん、君の持論じゃあないか」

中村社長は落ち着いていた。対岸の火事ぐらいにしか思っていないようだ。

「臨時の役員会を、午後一で開きましょう」

今直ぐと言わず午後一番と言った。

「午後二時から東京で部品工業会の会合、キャンセルできん、君に任すわ」

「えっ、そんな悠長な、緊急事態ですよ、代理を出してください」

「佐藤君だろう、あの慌て者が。どこからもそんな報道はきておらん、誤報だ」

貴重な社員の連絡である、誤報とは。無関心だとそうなる。岩崎は予想していた。陰りがきたとは言え世界のリーダーアメリカである。温暖化が原因でニューヨークの街が史上最大の竜巻に襲われ甚大な被害が発生した。黙っているわけがない。パリ協定を無視、離脱した酬いだと欧州各国はみるだろう。石炭業の雇用を守るため、石炭をじゃんじゃん掘って燃やし続けたアメリカの責任は大きい。この大惨事でようやく気が付いたはずだ、腐ってもアメリカである。世界のリーダー、アメリカである。内燃機関禁止令なる想定外の大統領令、大国アメリカが目覚めたと岩崎は確信した。


中村社長は誤報だと無視したが、正午のニュースで大々的に報じられた。前代未聞の大統領令である。燃やし禁止令、航空機や巨大船舶、軍用車両、幾つか適用除外と報じたが、家庭用ボイラーは禁止、大手の火力発電所は当然閉鎖、自動車のエンジンも使用禁止である。

「皆さん、食事をしながら聞いてください」

社長不在の緊急役員会など開催できるわけがない。昼食会に集まった役員だけに伝えておこうと、岩崎が立ちあがった。会社の存亡に関わる重大事件である。

「今見ていただいていますニュースは真実です」

中村社長が誤報だと揶揄する言い方で拒絶したから、あえて真実だと話し始めた。

「とうとう恐れていた大統領令が発令されました。アメリカでのエンジン生産が終焉を迎えます。近々発注が停止します。下手すると納品したプラグ類が返品になるかもしれません。我が社にとって緊急事態勃発です」

岩崎の過激な発言に全員が箸を置いた。ざわめきが起こった。

「内燃機関禁止令です。二酸化炭素の排出をゼロにする究極のエミッション規制です。自動車の心臓部と君臨してきたエンジンが、アメリカでの使用が禁止となりました。エンジン付きの自動車は販売禁止です」

「何と言われました、内燃機関禁止令って」

営業本部長の前川が悲鳴を上げた。勝川専務の後任である。

「ＮＨＫのテレビで報じていますから間違いない。とんでもないトランプ大統領令です」

「ビッグ３は了解したのでしょうか」

前川本部長が発言した。

「エンパイヤステートビルが崩壊したのは温暖化が原因です。温室効果ガスを排出する自動車についての規制は、ＧＭ社は覚悟していたと思います」

「岩崎さん、我が方のエンジン部品はどうなりますか」

社長不在の昼食会、役員全員が箸を置いて腕を組んだ。本業に専念して頑張った甲斐あって点火プラグの世界占有率は五〇パーセントを超え、ダントツの世界一となった。排気ガス関連商品の酸素センサーもシェア四〇パーセント以上の世界一と、地道な努力が実った。このままエンジン生産が続けば他社の参入もなく経営は万々歳、八十年の実績は揺るぎない盤石経営だったはずである。

第二十章　エンジン生産終焉

テレビ各局は特集番組を放映した。内燃機関禁止令である。中村社長が出張した日本自動車部品工業会でも話題になったはずだ。東海セラミック工業存亡の危機である。岩崎は一日中情報収集に走り廻った。中村社長は出張先から直接自宅へ帰ったのか、姿を見せなかった。自社が危機的な状況に見舞われているのに、トップとして自覚の欠如だと憤慨した。

次の朝、岩崎は社長を待っていた。

「岩崎君、じたばたしても仕方がないだろう、まだ三年先だ」

「我が社、存亡の危機ですよ、悠長な」

「僕も君も在職十一ヵ月、来年六月、さようならだ。後輩たちが身の振り方考えるよ」

「そんな無責任な。至急善処策のために、臨時の役員会開きましょう」

「慌てるな、しばらく様子見だ。トランプさんは過激だ、修正案が出るかもしれない」

「そうだとしても、アメリカの工場や従業員の処遇、エンジン部品以外の生産、出向者もどうするのですか」

「静観しよう、静観だ。君の過激な行動、禁止、いいね」

中村社長は無関心を装った。全社売り上げの二〇パーセント強のアメリカ、なくなったとしても会社存亡とは程遠い、まだまだ余裕がある。しかも三年も先のことだ、心配無用と腹を括っているようだ。しかし不安は隠せなかった。


「大統領令、出ましたね」

無関心な社長との会話を切り上げ、自室に戻った直後、武村がやって来た。

「中村社長、静観しろ、だって。我が社の緊急事態なのに、まったく」

珍しく岩崎は怒っていた。感情が高ぶっていた。

「いいところへ来てくれた、武村君」

「内燃機関禁止令、世界中の自動車会社に激震が走りましたね。予想はしていたものの、正直びっくりです」

武村は岩崎の怒りを鎮めるような静かな口調で言った。

「我が社は準備が整っていない、近々倒産だ」

「アメリカが決めれば日本も右に倣え。欧州、特にドイツは国策として採用するでしょうね。新興国もいずれそうなるでしょう。人間はバカではありません。世界中で内燃機関が止まれば温暖化も緩和していくはずです、僕たちが住む地球は救われました」

「武村君、君もかよ、呑気な。我が社は倒産だよ、従業員が路頭に迷う」

「産業革命ですよ、始まりましたね、ようやく。ワクワクします」

「君は相変わらず学者だ、定年延長させず辞めさせればよかった」

「岩崎さんのご尽力、感謝しております。まだ十一ヵ月あります。対処可能です」

「中村さんが辞める時、自分も辞めますから、もう一年延長させてくださいと土下座までしてお願いした。君と最後まで一緒に仕事がしたかったから、僕のよき理解者だと思っていたから、それがなんだ、ワクワクだと」

「感謝しております、岩崎さんには」

「だったら、もっと真剣にこの難題を解決する提案をしてくれよ」

「すいません、副社長の心中お察しせず。でもいつかはこういう日が来ると、自分一人では革命は起こせません。これは革命、十年前から言っていた、燃やさずにエネルギーを取り出す、具体的にそういう時代の到来。泣く人も出るでしょう。気温が五〇度にもなったら命が危うい、犠牲は伴います、馬車から自動車へ変わりました、誰かが犠牲になる」

「僕は犠牲者になりたくない」

「まだ十一ヵ月あります。僕がなんとかします」

「あと十一ヵ月しかない、君は大した男だ、度量がある」

「先輩に鍛えられましたから、これぐらい乗り越えてみせます」

今年の夏も猛暑日が続いた。北海道旭川でも猛暑日があった。夏涼しい北海道が沖縄より気温が高く、異常気象は世界各地で頻繁には発生した。内燃機関禁止令も時遅し、の感はあったが、世界全体が受け入れる姿勢を示していた。

「GMの機関設計部長スミスさんに面談してきました」

ニューヨーク支店長佐藤が電話してきた。

「もう二年も前から内示というか、環境保護庁から問い合わせがあったそうで、世界に模範を提示するようにと。同じことをフォード社にも申し入れていたそうです。自動車大国アメリカが世界に模範解答をだせと、圧力をかけていたようです」

「そうか、根回しができていたのか、さすがアメリカだな」

「GDPが中国と互角になりましたからアメリカの影が薄くなりました。しかし自動車はアメリカ発祥の地ですから、自動車はかくあれと誇示したい一面もあります」

「それで、パワーソースはどう替わるね」

「多分電気自動車、バッテリーの性能が良くなり、プラスチックのような樹脂系の軽い部材を多く採用、軽量化が進んで、走行距離が五百キロ以上走れるそうです」

「そうか、電気自動車か、燃料電池車は」

「コスト面に問題があるようで、それより安価な電気自動車、ハイウェイのあちこちに充電ステーションが敷設されます。日本の大型スーパーのようなモールには、既に充電設備が完備されています」

「そうか、ありがとう」

「ドイツの自動車メーカー、ベンツとかＢＭＷも電気自動車だとスミスさんは言っています。再生可能エネルギーで発電した電気を使うそうで、文字通りゼロエミッション車だそうです」

「再生可能エネルギーで発電した電気か、平塚先輩が喜ぶな」

「平塚先輩、どなたですか」

「いやまあ。そうか、電気自動車が主流か」

「エンジンの替わりに電気モーター。ですからパワートレインは部員の一部入れ替え、解散せず組織はそのまま。従来通りパワートレイン部門が担当されるそうです」

「自動車屋さんは今回の大統領令、驚いていないの」

「落ち着いておられます。普段通りでした。根回しが効いていたようです。単なるエンジンからモーターへの載せ替えのようで、動揺は感じられませんでした」

「そうか、エンジンからモーターへの変更、たんなる、なるほどね」

「大事件なのに、部品屋は覚悟があったようです」

「スミスさんは深刻そうでしたか」

「新たなベンチャー企業が乱立して競争が激しくなると心配しておられました。エンジンは機構が複雑で歴史がありますから、そう簡単に新規参入はありませんが、電気モーターとなれば、どこでもやれそうですから」

「そんな心配ですか、エンジンが無くなるというのに」

「排気ガスの処理に苦労されていましたから、ここから解放されるので楽になった点もあるのです」

「そうか、排気ガス関連企業も職を失うか」

「多くの企業がエンジン関連部品を製作していますから、我が社を含めて、立ち行かぬ悲惨な事態になりますね」

「電気自動車か、なんでも電気なんだね」

「自動車メーカーさんは存続可能です、既に実績あるエンジンからモーターへの単なる変更ですから」

「単なるモーターへの変更か」


「デトロイトの所長さんから緊急連絡が入っております」

役員室へ出勤してきた営業本部長前川に秘書室長が駆け寄って言った。

「デトロイトの飯見です。早朝からすいません。ＧＭ社から納入停止の連絡が入りました」

「やっぱり来たか、発注停止」

「本部長、知っていましたか、ＧＭ向けは仕様が一部特殊ですので他社へ流用できません」

「デッドストックになるのか」

「予想はしていましたがこんなに早くとは、実に困りました」

「社長と相談するが、今直ぐ工場の生産ライン、止めてくれ」

内燃機関禁止令が出てからまだ一ヵ月しか経過していない。ことの流れが速すぎる。取りあえず生産停止と指示したが、従業員の処遇をどうするか。設備増強したばかりの新品ラインをどうしたらいいのか、前川は動揺を隠せなかった。

「社長、ＧＭ社からキャンセルです」

「なに、キャンセルだと」

「ただちに生産停止を命じました」

前川営業本部長は青ざめ、唇がひくひくと痙攣している。

「うろたえるな、想定内だ」

中村社長が大声を出した。

「想定内ですって、社長はご存じでしたか」

「いや、君から今初めて聞いた」

「そんな、目の前が真っ暗になりました。納入停止通告など前代未聞です」

「もう少し様子を見よう」

「生産ラインを止めましたから、従業員の処遇、どうしましょう」

「ＧＭ社だけか」

「フォード社からも近々通達が来るそうです」

「そうか、フォード社も」

「アメリカは軒並み電動化、エンジンを断念したのでしょうか」

前川は信じられない表情を露わにした。

「アメリカのエンジンだっていい性能を出していたのに、それを捨てるんだ。もったいないね、期限はまだ三年もあるのに」

「そうですよ、社長」

「アメリカのプライドか」

「ご無体な、生産設備を倍増したばかりですよ」

「補修用のパーツを造ればいい。新車組付け用がなくなっただけだ。収益ゼロのＯＥなんか失っても問題ない。収益は改善する」

「社長、点火プラグはまあそれでもなんとかなりますが、酸素センサーなどエンジン制御用センサーは新車組付けのみですから」

「わかっている」

「従業員の解雇を指示してよろしいですか」

複雑で精密な構造のエンジンは多くの機能部品から構成されている。燃料を正確に計量して噴霧する燃料供給装置、点火装置、排気ガス浄化装置、最適条件を計測する各種センサー類、始動装置など多くのエンジン関連部品が使用されている。エンジンが不要になったらこれらを製造販売している企業は職を失い、失業者が街に溢れ出す。眼前の巨大なうねりを察して、気楽だった中村社長の表情も引き締まった。

「岩崎さん、武村です」

副社長室に専務取締役武村が突然現れた。

「始まりました、電動化。キャンセルの嵐、登場」

「武村君、不謹慎だよ。沈痛な思いで頭がくらくらする」

岩崎は大げさに頭を抱えた。予想がしていたもののこんなに早く現実になるとは、思いもよらなかった。

「電気モーターを回す電力はどう賄うのかね」

「岩崎さん、原発か火力発電ですよ、火力発電ですね、間違いない」

「火力発電だったら二酸化炭素を排出、温暖化防止に寄与するかね」

「岩崎さん、余裕しゃくしゃくですね。困った困ったと嘆き悲しんでおられる、そう思ったから陣中見舞いに来ましたのに」

「やせ我慢だよ、本当に困っている。従業員の処遇だよ。突然の解雇通告など残酷すぎる」

まだまだ先だと思っていた。準備が何一つ整っていない。早すぎる。どう舵を切ればよいのか、岩崎は窮地に立たされていた。

「岩崎さん、火力発電所は閉鎖して燃料電池発電、我が社のセラミック燃料電池発電ですよ。発電所は据え置き型ですから、白金を使わないセラミック燃料電池がコスト競争で一番になる、我が社に春が来ました」

武村が笑顔で言った。

「君は本当に楽天家だ。できてもいないセラミック燃料電池だと」

「頑固な中村社長もやっと開眼、我が社の総力を結集して必死に頑張れば達成可能、持てる資源の集中化、これしか生きる道がないと結束して事に当たれば成功します」

「君はいつも前向きだな」

「沈みかけた船にしがみついていても救われません。新しい舟に乗り換えましょうよ」

「新しい船か」

「代表取締役副社長岩崎正彦船長の誕生です。我々船員は決死の覚悟で荒海に立ち向かいます。セラミック燃料電池丸の船出です」

「中村社長は」

「名誉船長です」


副社長室の窓から国道一九号線が眼下に見える。片側三車線の道路に今日も沢山の自動車が走っている。エンジン音も聞こえてくる。我が社が八十年もの長い間延々と関わってきたエンジンがなくなるなんて、信じられない現実が近づいていた。

あとがき

この物語のエンディングの場面は、大手自動車メーカーからエンジンプラグの納入停止の連絡を受け、慌てふためく営業本部長の悲鳴にも似た叫び声が聞こえるシーンとなっています。もう要らない、とアメリカの自動車メーカーから発注終了の連絡が入るのです。それに負けずと燃料電池に夢を託す技術者たちの熱い決意の沸騰が綴られています。

物語は二〇一一年三月、東北地方を襲った巨大地震で福島の原子力発電所が崩壊、五十四基の原発の全てが停止する想定外の大惨事に見舞われるところから始まります。原発は地球温暖化を防止する救世主と評価されていましたから、これに替わる新たなエネルギー源の創設が必要になりました。登場したのが燃やさずにエネルギーを取り出す燃料電池です。エンジン部品を製造する会社の技術陣が、社の主力製品に育て上げようと必死に頑張る姿が描かれます。「燃やす産業革命」から、「燃やさない産業革命」を自分たちが立ち上げようと大志を抱くのです。本業を全うしようと営業部隊は真っ向から反対の立場を貫きます。

皮肉なことに、舞台となっているのはもともと化石燃料を燃やして動力を得るエンジンの部品会社です。もし燃料電池がエンジン以上の低価格となり性能を得て登場したら、自動車のパワーソースは燃料電池に置き換わってしまいます。エンジンが燃料電池に置き換わったら、エンジン部品会社は存続できません。

燃やせば二酸化炭素が排出されます。燃料電池なら温暖化効果ガスなど一切排出しない地球環境に優しいエネルギー源です。エンジン部品会社の営業部隊と技術陣の葛藤が始まります。

大義をかざせば地球環境に優しい燃料電池です。しかしそれでは会社は存続できない、「本業消失」です。どちらへ舵を切ったら大義を生かし、会社も存亡の危機から救えるか、企業に働く一技術者の生きざまを物語にしたいと思いました。会社を潰すことは避けたい。当然です。どうすれば会社を救え、社会に貢献できるか、その心中も明らかにしたいと思いました。

「いつかその日がやって来る、内燃機関（エンジン）終焉の日です。それがとうとうやって来ました」

一八六七年、オットーが四サイクルエンジンを発明してから、百五十年以上の時が流れました。温暖化を食い止める苦肉の策とはいえ、エンジンに関わっている多くの企業は存亡の危機を迎えています。さかのぼれば十八世紀半ばから始まった産業革命では、ワットの蒸気機関が過酷な労働から人々を解放しました。石炭を燃やして水蒸気を作り、圧力を高めて、ピストンを押し下げて回転運動に替える画期的な動力源の発明です。人力では動かせない大きな機械も動かせるようになりました。石炭を燃やして得た動力源はさらに発展して石油へ、ガスへと、再生不可能な化石燃料を燃やして得る動力源へ急激に発展しました。

人々の生活は豊かになり、地球全体の人口は七十億人を越え、繁栄の一途を辿っています。自動車の普及も十二億台以上（二〇一五年）、驚異的な進展を呈し、エネルギー消費も膨大な量になりました。その大半は化石燃料の消費です。その分、二酸化炭素の排出量も増大しました。地球全体の二酸化炭素濃度は四〇〇ppmとなり、その結果、温室効果ガスは急増しています。燃やせば当然、二酸化炭素が発生します。

自社の製品が二酸化炭素排出に加担している。それを止めるために二酸化炭素を排出しない燃料電池の普及が求められているのです。これこそ温暖化阻止の決め手と目されています。しかし、そうなれば自社の主製品エンジン部品ビジネスはどうなるか。自社製品が消滅しては元も子もなくなる、苦しい選択です。頻繁な異常気象の連発も困ります。地球自体が自己清浄能力を失いかけています。

筆者は現役のころ、点火プラグの自己清浄作用の実験を行っていました。エンジンの燃焼室に装着された点火プラグは燃焼時に発生するカーボンで汚損され、絶縁抵抗の低下で失火することがあります。付着したカーボンを除去して元の綺麗な状態にする必要があります。五百度以上の高温と酸素雰囲気にすると、付着した黒いカーボンは燃えて消失します。白いセラミックの状態に復帰するのです。これを自己清浄作用と呼んでいました。

地球の自己清浄作用は限界に来ているのでしょうか。今日もゲリラ豪雨に遭遇しました。有能な人類は自然災害の少ない、住みやすい地球を再現すると確信しております。企業に働く一人として何ができるか、大きな地球の片隅だけでも浄化できたら、そう願って燃料電池に夢を託し、奔走する技術者たちの思いを綴ってみました。

二〇一七年八月

筆者

参考文献

内田誠「特集電池と燃料電池」『自動車技術 VoL 65　No 4』
堀琢磨「自動車を取巻く資源・エネルギー問題」『自動車技術 VoL 65　No 11』
近久武美他「環境とクルマの七〇年」『自動車技術 VoL 70』
村上義一「再生可能エネルギー技術とエンジン」『自動車技術 VoL 70　No 9』
寺田保他「地球温暖化防止への取り組み」『自動車技術 VoL 62　No 11』
栗津幸雄「燃料電池自動車の普及を支える水素ステーション」『電気学会誌 VoL 136　No 4』
高木英行「化石燃料とエネルギー技術」『自動車技術 VoL 69　No 5』
西尾兼光『エレクトロニクス』理工評論出版
西尾兼光『エンジン制御用センサー』山海堂
小濱奏昭『エネルギー知識』新理工評論出版
ドネラ・H・メドウス他『成長の限界、人類の選択』ダイヤモンド社
ダニエル・ヤーギン『エネルギーの世紀』日本経済新聞
谷辰夫『ソーラ・エネルギー』丸善
ヨルゲン・ランダース『二〇五二　今後四〇年のグローバル予想』日経
広瀬隆『燃料電池が世界を変える』日本放送出版協会

スチュアート・ブラウン『地球の論点』栄治出版

レスター・R・ブラウン『地球に残された時間』ダイヤモンド社

駒橋徐『燃料電池革命』日刊工業新聞

上念司『二〇三〇の世界エネルギー覇権図』飛鳥新社

清水幸丸編著『再生型自然エネルギー利用技術』パワー社

ジャンマリー・シュウァリエ他『二一世紀エネルギー革命の全貌』作品社

公開特許公報『特開二〇〇五―３２７６３７』「固体電界質形燃料電池」

〈著者紹介〉

西尾　兼光（にしお　かねみつ）

昭和14年8月愛知県生まれ。
愛知県立愛知工業高校、名城大学理工学部卒業、
東京大学より博士号（工学博士）。
日本特殊陶業株式会社入社。点火プラブの技術開発に従事。
技術部長、常務取締役自動車関連事業部副本部長、専務取締役、
米国センサー株式会社社長、顧問嘱託など歴任。
退職後、元名城大学非常勤講師。
現在、技術コンサルタント、作家活動、中部ペンクラブ会員。
岐阜県白川町で再生可能エネルギーであるマイクロ水力発電に挑戦中。

著書に、
『エンジン制御用センサー』（山海堂、1999 年）
『スパークプラグ』（山海堂、1999 年）
『ドイツの名車 BMW に挑んだ NGK プラグの技術者たち』
（理工評論出版、2003 年）
『エレクトロニクス――この不思議な電気の世界』（理工評論出版、2005 年）
『自動車の排気ガス浄化に挑む』（新理工評論出版、2012 年）
『リチウムイオン電池に挑む』（新理工評論出版、2013 年）
などがある。

エンジン消失

定価（本体1500円+税）

乱丁・落丁はお取り替えします。

2018年 3月 26日初版第1刷印刷
2018年 3月 31日初版第1刷発行
著　者　西尾兼光
発行者　百瀬精一
発行所　鳥影社（www.choeisha.com）
〒160-0023 東京都新宿区西新宿3-5-12トーカン新宿7F
電話 03（5948）6470, FAX 03（5948）6471
〒392-0012 長野県諏訪市四賀 229-1（本社・編集室）
電話 0266（53）2903, FAX 0266（58）6771
印刷・製本　モリモト印刷、高地製本

ISBN978-4-86265-663-6 C0095